Hanni und Nanni ist die beliebteste und erfolgreichste Mädchenbuch-Serie der Welt. Allein in der Bundesrepublik wurden mehr als 5 Millionen Bücher dieser Serie von Enid Blyton mit großer Begeisterung gelesen.

Von **Hanni und Nanni** gibt es 15 Einzelbände, die auch in 5 Sammelbänden zu je 3 Erzählungen zu haben sind.

Enid Blyton

HANNI UND NANNI

geben ein Fest

Schneider-Buch

Inhalt

Ein grandioser Einfall

„Geburtstag zu haben ist ja eine feine Sache“, sagte Hanni Sullivan zu ihrer Zwillingsschwester Nanni und betrachtete den reichen Gabentisch. „Ich finde es bloß schade, daß wir nicht vierzehn Tage später auf die Welt gekommen sind.“

„Nanu!“ rief ihre Mutter, die gerade ins Zimmer trat und den letzten Satz gehört hatte. „Was habt ihr für sonderbare Wünsche?“

„Ach, Mutti, *ich* bin nur nicht ganz zufrieden. Nanni scheint keine besonderen Wünsche zu haben!“

„Und warum bist du nicht zufrieden?“

„Sieh mal, seit wir in Lindenhof zur Schule gehen, fällt unser Geburtstag immer in die Osterferien.“

„Das kann sich ändern“, meinte die Mutter. „Ostern ist ja nicht immer zur gleichen Zeit.“

„Ja", rief Nanni, „wir wollen doch einmal nachsehen, auf welches Datum es im nächsten Jahr fällt."

„Können wir machen." Hanni winkte ab. „Aber selbst wenn es im nächsten Jahr ganze vier Wochen früher wäre, so ändert das nichts an der Tatsache, daß wir bis jetzt, also schon dreimal, nie während der Schulzeit Geburtstag hatten, und deshalb nicht im Internat feiern konnten."

„Das stimmt!" rief Nanni. Endlich schien auch bei ihr der Groschen gefallen zu sein! „Mutti, du glaubst gar nicht, welchen Spaß wir bei den Geburtstagsfeiern schon gehabt haben."

„Mitternachtspartys gab es", sagte Hanni. „Mit tollen Torten und Kuchen und Pralinen . . ."

„Ich weiß schon", sagte Frau Sullivan lachend. „Ihr habt uns oft genug davon erzählt."

„Aber verstehst du nicht", rief Nanni fast beschwörend. „Wir selber konnten unseren Geburtstag noch nie so feiern."

„Das ist einfach ein Jammer", setzte Hanni hinzu. „Wir werden immer eingeladen, genießen die Feste, aber wir können die Einladungen niemals erwidern."

„Das ist allerdings eine furchtbare Lage für euch." Frau Sullivan lachte herzlich. „Doch wieso könnt ihr die Einladungen nicht erwidern?" Die Zwillinge sahen sie verständnislos an. „Ich meine", sagte die Mutter, „ihr könnt eure Geburtstagsfeier doch verschieben. Ihr feiert einfach später, wenn ihr wieder in Lindenhof seid."

Die Schwestern sahen sich an: ein großartiger Vorschlag!

„Mutti, du bist ein Schatz", rief Hanni begeistert.

Nanni sagte: „Auf diesen Gedanken hätten wir eigentlich selber kommen können."

„Na, dann ist ja alles in Ordnung! Darf ich die Herrschaften zum Geburtstagsmahl bitten?" Sie hakte sich bei den Mädchen ein und ging mit ihnen hinüber ins Eßzimmer.

Sogar der Vater hatte sich Zeit genommen und erschien pünktlich. „Nun", erkundigte er sich, „wie fühlt man sich mit stolzen vierzehn Jahren?"

„Großartig", versicherten die Zwillinge und ließen sich alles gut schmecken, besonders den Wein, den der Vater gestiftet hatte.

Am Abend, als sie schon in den Betten lagen, ging das große Planen an.

„Weißt du, was ich am nettesten fände?" fragte Nanni.

„Was denn?"

„Ein Picknick, eine Party im Grünen."

„Du, das ist *die* Idee." Hanni setzte sich vor Begeisterung im Bett auf. „Nur: ist es dafür nicht noch ein bißchen zu kühl?"

„Dann müssen wir das Fest eben verschieben. Nun spielt es doch sowieso keine Rolle mehr, wann wir im Mai unser großes Fest starten!"

Damit hatte Nanni zweifellos recht, und sie beschlossen, ihr Picknick auf den ersten Samstag im Mai zu legen, zur Not – falls es dann auch noch nicht warm genug war – auf die Zeit nach den Eisheiligen.

Am nächsten Tag nahmen sie sich die vielen Glückwünsche vor, die von den Freundinnen eingetroffen waren. Sogar Corni, die neu in der Klasse war, hatte geschrieben. In anderen Jahren hatten sie sich erst bedankt, wenn sie sich nach den Ferien im Internat wiedersahen. Diesmal nahmen sie es genauer.

Sie entwarfen zunächst eine lustige Dankkarte, suchten sich farbigen Karton und pinselten und schrieben drauflos:

Auf der Rückseite stand:
Bitte aufbewahren, gilt später als Teilnehmerschein.

Den Absender schrieben sie auf einen Umschlag, steckten die Einladung hinein und zerrissen das Glückwunschschreiben, das sie erhalten hatten. So wurde niemand übersehen und niemand doppelt eingeladen.

Na, wenn das bei den Freundinnen nicht einschlug!

Danach fingen sie gleich mit den Vorbereitungen für ihre Party an. Es war ja fraglich, ob sie während der Schule Zeit dazu fanden. Aus Mutters Flickkorb holten sie bunte Stoffreste und schnitten Sets daraus zurecht. Bei einer Fahrt in die Stadt kauften sie dann groß ein: blaue und rote Becher, Teller aus Pappe, Papiergirlanden, die sie zwischen Büschen und Bäumen aufhängen wollten, andere lustige Dekorationen, um den Festplatz damit zu verzieren, und auch schon Konserven für das Essen. „Jetzt bezahlt Mutti ja alles“, meinte Hanni und zwinkerte Nanni zu.

Dann holten sie sich ein Buch mit guten Tips für Salate, lecker belegte Brote und alle möglichen Drinks aus Milch oder Joghurt und Fruchtsäften.

„Das wird aber teuer", seufzte Nanni, als sie eine Menge Rezepte herausgeschrieben hatten. „Da wird unser Taschengeld draufgehen."

Nach verschiedenen Überlegungen strichen sie ein paar Vorschläge und gingen außerdem zu ihrem Vater – heimlich natürlich, als die Mutter unterwegs war. „Sieh mal, Vati", fing Hanni an und hängte sich schmeichelnd an seinen Arm. „Wenn wir nun hier zur Schule gingen und immer eine Menge Freundinnen nach Hause brächten, das käme doch auch teuer . . ."

Und Nanni versicherte: „Wir haben sowieso auf vieles verzichtet."

Der Vater lachte. „Ihr seid mir ein paar Helden. Macht es nicht so spannend. Wieviel braucht ihr?"

Sie zögerten. Sie wollten ja nicht unverschämt sein, aber auch nicht zu bescheiden.

„Na?" Der Vater zog die Brieftasche heraus und hielt ihnen einen Schein hin. „Reicht das?"

„Ach Vati!" Sie hingen an seinem Hals. „Du bist der liebste und beste und großzügigste Vater der Welt!"

Bei ihrer Rückkehr nach Lindenhof waren alle Gedanken an das Picknick erst einmal wie weggepustet. Wie immer gab es eine große Wiedersehensfreude und einen gewaltigen Trubel. Das fing schon bei der Abreise an. Kaum erschienen die Zwillinge – reichlich spät dieses Mal – auf dem Bahnsteig, riefen die Freundinnen ihnen schon entgegen: „Hallo, Hanni und Nanni" und „Höchste Eisenbahn, Zwillinge!" Sie rannten zu dem Abteil, aus dem ihnen die Freundinnen zuwinkten: Hilda, ihre Zimmerkameradin und Klassensprecherin und Doris, Petra und Bobby.

„Carlotta wollte eigentlich auch mit der Bahn kommen", erzählte Bobby. „Vielleicht hat sie den Zug verpaßt?"

„Glaube ich nicht", sagte Hanni. „Pünktlich ist Carlotta meistens. Vielleicht hat Jennis Vater sie im Wagen mitgenommen. Sie fahren doch durch Carlottas Wohnort." Sie hatte recht. Die beiden Mädchen waren schon in Lindenhof, als die anderen eintrafen. Auch Elli, die Kusine der Zwillinge, und die beiden Sportkanonen Marianne und Carla waren längst dort. Jede erzählte ihre Ferienerlebnisse.

„Wo steckt Andrea?" fragte eine. „Unsere Ballettmeisterin wird uns doch nicht im Stich lassen?"

„Ich glaube, Corni hatte sie für ein paar Tage eingeladen", erzählte die Hausmutter, die gerade vorbeiging. „Da wird der Landrat sie gewiß herbringen." Richtig – gegen Abend kamen sie, und sie fingen gleich an, von einem Theaterbesuch in der Großstadt zu berichten. Lortzings Oper „Zar und Zimmermann" hatten sie gehört und gesehen. „Mit dem ‚Holzschuhtanz'", sagte Andrea.

Zum Abendessen war die „Vierte" vollzählig. Neugierig sahen sie sich um. Gab es Neue? Für ihre Klasse nicht . . . aber dort hinten, das schien eine neue Lehrerin zu sein . . . sehr jung, aber für eine Schülerin doch zu alt. Sie sprach mit der Direktorin, die wie üblich am ersten Abend auch im Speisesaal aß. Sie begrüßte ihre Mädchen herzlich und sagte dann: „Wir haben eine neue Lehrerin. Fräulein Vogel, die gerade ihr Examen gemacht hat, will uns aus der Klemme helfen, weil ja Fräulein Lamprecht nicht wiederkommen kann. Ich hoffe, ihr werdet euch gut betragen und fleißig bei ihr sein!" Sie sagte es lachend und nicht etwa mit erhobenem Zeigefinger. Und Fräulein Vogel lachte auch.

In der Vierten hatte die Neue keinen Unterricht. Nur zweimal erschien sie gleich im Anfang als Vertretung. Und schon die erste Stunde genügte, um sie ein bißchen kennenzulernen. Sie war vergnügt und jung und anscheinend auch sehr eifrig.

„Habt ihr ihren Lieblingsausdruck bemerkt?" fragte Doris, die scharf beobachtete (deshalb konnte sie ja auch andere großartig nachahmen).

„Freilich", rief Jenni. „Sie sagt fast in jedem Satz ‚schlechthin'."

Die anderen lachten und warteten auf eine Gelegenheit, sie näher kennenzulernen. Die kam schon zwei Tage später. Da mußte Fräulein Vogel in einer Biologiestunde einspringen.

„Seid ihr schon einmal auf einen hohen Berg gestiegen?" fragte sie. „Ihr werdet dort merken, wie die Pflanzenwelt sich langsam verändert. Obstbäume und Getreide gibt es nicht mehr, dann fehlen auch einige Laubbäume. Schlechthin alle Kulturpflanzen – also solche, die der Mensch anbaut, gibt es da oben nicht. In den Höhen wachsen nur noch niedere Gehölze und zähe Bergblumen. Schließlich gibt es Höhen, wo man nur nackten Fels schlechthin finden kann!"

Bobby konnte nicht widerstehen. Sie meldete sich und fragte: „Sind die Pflanzen schlechthin von der Höhe abhängig?"

Ein paar Mädchen kicherten. Fräulein Vogel sah sie mahnend an und antwortete ernsthaft: „Von der Höhe schon, aber zum Beispiel auch von dem Land, in dem sie wachsen. In Afrika findet man in dreitausend Meter Höhe Blumen, die in unseren Breiten über fünfzehnhundert Meter schlechthin nicht mehr gedeihen."

Unser „Vögelchen" ist große Klasse

Das „Vögelchen Schlechthin", so hieß die neue Lehrerin seitdem in der Vierten, und das sprach sich in der ganzen Schule herum. „Schlechthin" wurde der Spitzname für Fräulein Vogel. Doch die Mädchen merkten mit der Zeit auch, daß die neue Lehrerin nicht bloß ein netter Kerl „schlechthin" war. Sie hatte ein Herz für ihre Schülerinnen. Das zeigte sich deutlich im Fall von Katja Behrens.

Katja ging seit einem halben Jahr in die fünfte Klasse. Sie war keine große Leuchte, lernte brav, fiel aber nie durch besonders gute Leistungen auf. Eine feste Freundin hatte sie in dem halben Jahr noch nicht gefunden. Aber die meisten mochten sie ganz gut leiden. Nun war vor Weihnachten, ein paar Wochen nach Katja, in der Fünften noch Babs Kröger aufgetaucht.

Babs war ganz anders als Katja. Sie wirkte abweisend, beinahe hochmütig, und lehnte von vornherein jede Freundschaft ab. Doch sie war eine vorzügliche Schülerin. In Deutsch und Englisch stand sie glatt auf Eins, in den übrigen Fächern meist auf Gut. Nur in Biologie und Erdkunde hatte sie es lediglich zum Genügend gebracht. Eine Musterschülerin war sie nicht. Dafür saß sie viel zu gelangweilt im Unterricht da. Sie war auch etwas älter als die anderen Mädchen der Fünften. War sie zwischendurch doch einmal „hockengeblieben", wie Tessie sich ausdrückte – trotz ihren guten Noten? Oder was war sonst mit ihr los?

Darüber rätselten die anderen oft. Irgend etwas stimmte

mit Babs gewiß nicht. Sie versuchten, etwas zu erfahren. Meistens plauderte Mamsell, die französische Lehrerin. Sie fragten sie bei Gelegenheit, aber es war vergeblich. Wahrscheinlich wußte Mamsell selber nichts. Doch die Hausmutter äußerte: „Babs Kröger ist kein einfacher Fall", sagte sie. „Ihr solltet Geduld mit ihr haben. Laßt sie ruhig ein wenig für sich allein. Sie wird sich schon rühren, wenn sie euch braucht."

„Was hat sie denn auf dem Kerbholz?" fragte eine.

„Überhaupt nichts", antwortete die Hausmutter. „Und ich muß euch dringend bitten, daß ihr euch keine falsche Geschichte zusammenreimt. Versprecht ihr mir, den Mund zu halten? Wenn ihr es nicht tut, wird es euch selber leid tun."

Sie versprachen es ihr. Und die Klassensprecherin Gisela ermahnte sie später auch noch einmal: „Keine darf nach außen hin etwas sagen. Vielleicht erfahren wir eines Tages doch mehr."

Die Fünfte hielt immer gut zusammen. Wenn sie beschlossen, über den Fall Babs zu schweigen, redete gewiß keine. Und trotzdem sickerte etwas durch von einem „schwierigen Fall", und daran spann sich gleich eine Geschichte. „Babs soll von ihren Eltern regelrecht verbannt worden sein. Sie darf das Haus ihrer Eltern nicht mehr betreten ... Sie hat irgend etwas angestellt, das ihren Vater maßlos gekränkt hat ... Wahrscheinlich hat sie sich in schlechter Gesellschaft herumgetrieben ..." Solche und ähnliche Gerüchte schwirrten plötzlich durch die Schule.

Wer hatte nun doch geplaudert? Die Mädchen aus der Fünften rätselten hin und her. Gisela überlegte lange mit ein paar Freundinnen. Eigentlich trauten sie niemanden aus der Klasse eine solche Klatscherei zu. Sie kannten sich gut genug. „Aber Katja kennen wir nicht genau", sagte eine. Ja,

Katja ... was war mit ihr? Gisela schlug vor, sie einfach zu fragen. Das wollten die anderen nicht, aber der Verdacht gegen die Neue setzte sich langsam bei allen fest.

Dann geschah die Sache mit dem Brief. Der Vater von Ina, die im Klassenzimmer neben Babs saß, schrieb an Fräulein Theobald: „Bitte veranlassen Sie, daß meine Tochter einen anderen Platz bekommt. Wie ich erfuhr, steht ihre Nachbarin in keinem guten Ruf. Ich möchte nicht, daß Ina angesteckt wird."

Nun konnte die Direktorin den besorgten Vater freilich schnell beruhigen. Aber sie fragte sich: Was waren da für böse Gerüchte im Umlauf? Sie erkundigte sich bei Gisela. Die berichtete ihr – und sie erwähnte dabei auch, daß sie Katja für die Schuldige hielten.

Es war eine dumme Sache für die Direktorin. Sie selber kannte Katja noch nicht gut genug, um den Verdacht einfach abzutun. Sie sprach auch mit ihren Kolleginnen darüber.

„Sollte man nicht am besten Katja selber fragen?" meinte Fräulein Vogel.

„Sie haben recht." Fräulein Theobald ließ das Mädchen rufen. Katja erschrak, als sie sämtliche Lehrerinnen versammelt fand. Verwirrt sah sie sich um.

„Sag mal, Katja", fragte die Direktorin, „was weißt du von Babs Kröger?"

„Nicht viel", sagte Katja verlegen. „Was so geredet wird ... daß sie nicht nach Hause darf. Ich weiß nichts Genaues."

„Und hast du mit irgend jemand darüber geredet?"

„Nein." Das sagte Katja so bestimmt, daß es ehrlich klang.

„Auch niemand geschrieben?"

Jetzt stutzte Katja. „Ich habe meinen Eltern ein paarmal von meinen neuen Mitschülerinnen berichtet. Aber da habe ich Babs nur erwähnt und höchstens geschrieben, daß keine etwas Genaues von ihr weiß."

„Und nicht behauptet, daß sie sich in schlechter Gesellschaft herumgetrieben hat ... was, nebenbei bemerkt, gar nicht stimmt?"

„Ganz gewiß nicht", beteuerte Katja.

„Kennst du Inas Eltern?"

„Nein. Sie wohnen nicht weit weg von uns, wie die Eltern von Uschi Born auch. Aber unsere Eltern treffen sich nie."

„Hm." Fräulein Theobald wußte nichts weiter zu fragen. Aber sie wollte Katja wenigstens den Grund für dieses Verhör erklären. „Inas Vater verlangt nämlich, daß ich seine Tochter nicht neben Babs sitzen lasse, weil sie vielleicht einen schlechten Einfluß auf Ina hat. Wir können uns gar nicht erklären, wie er zu solchem Verdacht kommt. – Es ist gut, Katja", setzte sie hinzu. „Du kannst gehen."

Erst Minuten später, draußen auf dem Flur, begriff Katja, was man ihr da zugetraut hatte. Sie sollte Babs angeschwärzt haben! Am liebsten wäre sie umgekehrt und gleich noch einmal in die Lehrerversammlung gegangen, um die Beschuldigung weit von sich zu weisen. Doch dafür war sie viel zu schüchtern. Jetzt begriff sie auch, weshalb ihre Mitschülerinnen in den letzten Tagen so auffallend zurückhaltend gewesen waren. Sie glaubten das gleiche wie die Lehrerinnen!

Ganz verstört betrat sie den Gemeinschaftsraum. Die anderen sahen flüchtig zu ihr hin. Sie vermuteten, weshalb sie zu Fräulein Theobald gerufen worden war. Gisela hatte von dem Gespräch mit der Direktorin berichtet. Nun schien ihnen Katjas Miene zu bestätigen, was alle dachten: Katja hatte gepetzt. An irgendeiner Stelle mußte sie etwas ausgeplaudert haben, was sie von den Redereien über Babs aufgeschnappt hatte. Damit aber hatte sie gegen das Versprechen gehandelt, das sie sich selber gegeben hatten – dachten die anderen. Nun gut, wenn Katja aus der Reihe tanzen wollte, dann mochte sie es ruhig tun! Sie stellten sie nicht zur Rede – das hatte Fräulein Theobald sicher längst getan. Aber sie beachteten sie nicht mehr. Mit einem Schlag war Katja einsam. So einsam wie Babs, die übrigens von dem ganzen Rummel nichts bemerkt hatte.

Auch die Lehrerinnen behandelten Katja mit deutlichem Mißtrauen, alle, außer Fräulein Vogel. Die war sogar ausgesprochen freundlich zu ihr. Manchmal schien es, als ob sie mit ihr reden wollte. Sie unterließ es dann doch, um die verfahrene Geschichte nicht aufs neue aufzurühren. Heimlich suchte sie aber nach der Lösung. Die Mädchen ahnten nicht, daß sie sich in der Konferenz sehr für Katja eingesetzt hatte.

„Das Kind hat überhaupt nicht begriffen, was man ihr vorwirft", hatte sie gesagt, weil die meisten Katjas verstörte Art als schlechtes Gewissen gedeutet hatten. „Wir sollten versuchen, die wirkliche Quelle der schlimmen Gerüchte herauszufinden."

Mit dieser Meinung stand sie allein. Nicht einmal Fräulein Theobald, die doch sonst so gerecht war, stellte sich auf ihre Seite, weil sie einfach unsicher war.

So horchte Fräulein Vogel selbst herum. Leicht war das nicht, weil sie ja die Mädchen noch nicht sehr gut kannte. Doch eines Tages hörte sie zufällig von einem Streit. Worum es ging, blieb ihr unklar. Aber sie hörte Nanni rufen: „Da steckt gewiß wieder die Klatschtante vom Dienst dahinter."

„Wen meinst du damit?“ fragte sie lachend und zupfte Nanni am Ohr.

„Uschi Born aus der dritten Klasse“, sagte Nanni offen. „Sie tischt oft recht ärgerliche Geschichten auf. Und ein bißchen bleibt doch hängen, auch wenn jeder in der Schule sie genau kennt . . .“

Uschi Born . . . wo habe ich den Namen schon gehört? überlegte Fräulein Vogel. Diese Uschi will ich mir einmal genau ansehen. Sie hatte in der Dritten Unterricht, da war es also nicht schwierig.

Inzwischen entdeckten die Schülerinnen der Fünften etwas Sonderbares: Babs taute auf! Doch nicht etwa der Klasse gegenüber, nein – sie redete öfter mit Katja. „Du bist auch noch nicht lange hier?“ hatte sie eines Tages gefragt, als Katja einsam am Fenster stand und hinausschaute.

„Seit einem halben Jahr“, war die Antwort.

„Ja, da kennt man die anderen noch lange nicht! Ich habe das zur Genüge festgestellt.“

Katja antwortete nicht, sondern sah Babs nur fragend an.

„Magst du mit mir ein Stück durch den Park gehen?“ fragte Babs weiter.

Katja nickte, und zum Staunen der anderen gingen sie beide hinaus.

„Jetzt schlägt es dreizehn!“ rief Tessie. „Ausgerechnet diese zwei tun sich zusammen.“

„Abwarten!“ riet Gisela. „Wenn Babs wirklich gerade zu Katja Vertrauen faßt, müssen wir sie warnen!“

Anscheinend bahnte sich wirklich eine Freundschaft zwischen den beiden an. Deshalb beschloß die Klasse, mit Babs zu reden. Noch am gleichen Tag fragte Gisela: „Kann ich dich einmal allein sprechen, Babs?“

„Du bist wohl auch noch nicht lange hier?"
fragte Babs interessiert

„Natürlich, gern. Wollen wir in den Park hinausgehen?"

Draußen sagten beide zunächst gar nichts. Mit einemmal fand Gisela es schwierig, Katja anzuschwärzen. Etwas Genaues wußte sie ja nicht, und es fehlten ihnen Beweise, daß Katja Gerüchte über Babs verbreitet hatte. Doch sie war nun schon zu weit gegangen. Sie mußte reden. Also gab sie sich einen Ruck. „Du bist in letzter Zeit öfter mit Katja zusammengewesen?" fragte sie.

„Hast du etwas dagegen?" fragte Babs spöttisch zurück.

„Nein ... das heißt: doch." Verflixt, es war wirklich keine leichte Aufgabe, Katja hinter ihrem Rücken schlechtzumachen. Sie hätten sie damals eben doch fragen müssen, was sie selber zu der Anschuldigung meinte. „Weißt du, Babs, wir haben den Eindruck, daß Katja ein paar häßliche Bemerkungen über dich gemacht hat."

„Katja? Über mich? Das glaube ich nicht. Das mußt du mir erst beweisen."

Nun erzählte Gisela von dem Brief, den Inas Vater an Fräulein Theobald geschrieben hatte. Babs (die immer noch neben Ina saß) hörte sich ihren Bericht verwundert an. Dann lachte sie zu Giselas Erstaunen schallend los. „Was hat Katja damit zu tun?" fragte sie dann. „Wie kommt ihr auf die Idee, sie hätte mich angeschwärzt?"

Ja – wie waren sie eigentlich darauf gekommen? fragte sich Gisela mit einemmal. Nur, weil Katja erst kurze Zeit in der Klasse war und sie wenig von ihr wußten ... War das ein Grund? Und wieder verwünschte Gisela, daß sie Katja nicht gefragt hatte.

Aber Babs war resoluter. „Komm mit", sagte sie zu der Klassensprecherin und ging zurück ins Schulhaus. „Ist Katja hier?" rief sie in den Gemeinschaftsraum der Fünften.

„Ja", klang es aus einer Ecke. „Hier bin ich. Was gibt's?" Sie legte das Buch beiseite, in dem sie gelesen hatte, und ging zu Babs. Die anderen horchten auf.

„Katja, unsere lieben Klassenkameradinnen haben sich ihre klugen Köpfe über uns zerbrochen. Und sie haben herausgefunden, daß du mich hinter meinem Rücken schlechtgemacht hast. Wie findest du das?"

„Ich ... dich schlechtgemacht? Warum denn?" Katja dachte an das Mißtrauen der Lehrerinnen. „Nein, Babs, das habe ich bestimmt nicht getan."

„Ich habe es auch keinen Augenblick geglaubt. Aber wissen möchte ich doch zweierlei: Wie kommen die dazu, dir so eine gemeine Handlung in die Schuhe zu schieben? Und: Wer steckt nun wirklich hinter diesen Verleumdungen? – Mit euch anderen bin ich jedenfalls fertig, das muß ich euch klipp und klar sagen. Ihr seid häßliche, niederträchtige Klatschweiber, mit denen ich nichts zu tun haben will. Ich gehe jetzt zur Direktorin und sage ihr, was ich von euch halte. Kommst du mit, Katja?"

Katja nickte. Ihr fiel ein Stein vom Herzen. Diesmal würde sie sich bei Fräulein Theobald verteidigen können!

Doch das hatte sie gar nicht mehr nötig. Denn Fräulein Vogel war am gleichen Vormittag bei der Direktorin gewesen und hatte ihr berichtet: die böse Klatscherei ginge von der dritten Klasse aus, von Uschi natürlich. Die hatte wieder einmal etwas läuten hören von einem „schwierigen Fall". Wo sie diesen Ausdruck aufgeschnappt hatte, den die Hausmutter einmal verwendete, das wußte keiner. Aber Uschi lauschte ja überall. Und mit ihrer dummen und bösen Phantasie hatte sie gleich eine Geschichte dazugesponnen, die ihr passend erschien. So waren die Gerüchte über Babs zustandegekommen ... eines Tages bis zu Inas Vater gedrungen.

„Wie haben Sie das alles herausgefunden", fragte die Direktorin, „und warum haben Sie sich überhaupt derart für Katja eingesetzt? Sie kannten sie ja noch weniger als ich selber."

„Weil ich in meiner Schulzeit etwas Ähnliches erlebt und durchgemacht habe. Ich war auch einmal in einen dummen Verdacht geraten – ohne eigene Schuld, nur durch böses Geschwätz. Es half wenig, daß ich meine Unschuld beteuerte. Zum Glück fand ich bei einer Lehrerin Unterstützung und konnte den Verdacht schließlich widerlegen. Aber seitdem weiß ich, wie weh es einem Kind tut, wenn alle anderen ihm eine schlimme Sache zutrauen. Ich habe damals schrecklich gelitten."

„Und nun haben Sie uns alle beschämt", sagte Fräulein Theobald. „Ich begreife mich selber nicht, daß ich nicht genauer nachgeforscht habe. Das tue ich sonst stets. Mag sein, daß ich noch abgespannt bin von dem harten Vierteljahr nach Weihnachten, als plötzlich drei Lehrkräfte ausfielen. So habe ich meine Zweifel einfach vor mir hergeschoben. Ich schätze die fünfte Klasse sonst sehr und ihre Klassensprecherin besonders. Auf jeden Fall danke ich Ihnen von ganzem Herzen. Allen Vorwürfen zum Trotz bin ich doch erleichtert. Und der Uschi werde ich jetzt ganz energisch den Mund verbieten."

So lagen die Dinge, als Babs und Katja zu ihr kamen.

„Ich weiß alles", sagte Fräulein Theobald. „Die Schuldige an dem Geschwätz ist gefunden, und ich muß mich sehr bei dir entschuldigen, Katja, daß ich dem dummen Gerede nicht entgegentrat. Trage es deiner alten Direktorin nicht nach. Sie wird sich wegen dieser Sache immer Vorwürfe machen."

Vor Verlegenheit wußte Katja keine Antwort. Aber Babs fragte: „Und wer war schuld?"

„Ein Mädchen aus der dritten Klasse, Uschi Born. Sie ist eine dumme Klatschbase, die eigentlich niemand ernst nimmt."

„Das finde ich gar nicht. Viel zu ernst wurde sie genommen. Doch ich werde mit ihr abrechnen."

„Das kannst du ruhig mir überlassen, Babs. Ich werde sie bestrafen, wie sie es verdient."

„Nein, nein, Fräulein Theobald", versicherte Babs eifrig.

„Es ist richtig, daß Sie das Mädchen bestrafen wollen. Trotzdem möchte ich selber auch mit ihr sprechen."

„Vor allem bitte ich euch beide, mit Fräulein Vogel zu reden. Sie war es, die nicht ruhte, ehe sie die Zusammenhänge fand. Sie hat mir heute alles berichtet, und ich wollte nachher beim Abendessen vor der ganzen Schule die Sache klarstellen. Bitte versprich mir, Babs, vorher nicht mit Uschi zu reden."

„Das verspreche ich gern. Ich gönne ihr die Überraschung."

In den Gemeinschaftsraum der Fünften gingen die Freundinnen nicht wieder. Dort herrschte eine sehr trübe Stimmung. Selbst den verbohrtesten Mädchen dämmerte, daß sie sich gründlich blamiert hatten. Niedergeschlagen sagte Gisela: „Warum habt ihr nur damals nicht auf mich gehört, als ich Katja direkt fragen wollte?" Aber es war nun geschehen. Sie mußten abwarten, was die Direktorin zu dem Fall sagte. Eigentlich waren die Lehrerinnen doch auch von Katjas Schuld überzeugt? Es hatte wenigstens immer so ausgesehen.

„Das ist keine Entschuldigung für uns", sagte Gisela kurz. „Wir waren ja die ersten, die behaupteten, Katja hätte geschwatzt. Das haben sie für erwiesen gehalten."

„Und wer mag es tatsächlich getan haben?" fragte Tessie. Ja, wer das wüßte!

Sie erfuhren es bei dem Strafgericht, das kurz danach seinen Anfang nahm. Die Direktorin kam zum Abendbrot in den Speisesaal. Babs und Katja begleiteten sie. Auch die Lehrerinnen waren erschienen – alle! Fräulein Theobald blieb an der Tür stehen und sah ihre Schülerinnen an. „Bevor das Abendessen beginnt, muß ich eine sehr häßliche Geschichte in Ordnung bringen. Sie geht freilich nur einige von euch an; aber eine Warnung mag sie für alle sein, sogar für meine Kolleginnen und mich. Wahrscheinlich wissen die meisten von euch, daß um Babs Kröger viel gerätselt wird. Warum? Weil sie immer für sich bleibt und nichts erzählt. Das ist ihr gutes Recht. Es ist aber kein Grund, ihr nun allerlei häßliche Dinge anzudichten. Und wenn eine es schon nicht lassen kann, dann soll sie es wenigstens öffentlich tun und nicht heimlich tuscheln und dadurch noch andere als klatschsüchtig in Verdacht bringen. Die fünfte Klasse hat nach einem Sündenbock gesucht, als gegen ihren Willen viele wilde Gerüchte um Babs bekannt wurden. Sie hat sich dafür die schwächste Person ausgesucht: Katja, die noch nicht recht Fuß fassen konnte und der sie nun Klatschsucht nachsagten. Einfach so – ohne Grund und ohne Beweis, nur weil sie neu in der Klasse war. Daß sie dann dem Lehrerkollegium diese unbewiesene Angelegenheit als Tatsache servierten, ist unerhört. Ich gestehe freilich, daß wir nicht ohne weiteres hätten darauf reinfallen dürfen. Die Fünfte wird verstehen, daß sie unser Vertrauen eingebüßt hat und sich erst wieder als zuverlässig erweisen muß."

Die Köpfe der Mädchen sanken beschämt. Es war bitter, vor der ganzen Schule, auch vor den Kleinen, so heruntergeputzt zu werden. Fräulein Theobald hatte aber noch nicht zu Ende geredet: „Zum Glück war Fräulein Vogel weniger leichtgläubig als wir. Sie hat nachgespürt, wo die Schuldige saß. Uschi Born, komm her!"

Erschrocken fuhr Uschi hoch. Fräulein Theobald sah sie ärgerlich an. „Ich weiß, daß du überall herumhorchst und herumredest. Wenn du wenigstens nur weitergeben würdest, was du wirklich gehört hast. Aber du erfindest Geschichten, und meist recht häßliche, die du dann als Tatsachen herumträgst. Kein Wort ist wahr von dem, was du dir über Babs zusammengefaselt hast. Ich begreife bloß nicht, daß sich überhaupt Mädchen finden, die dein Gerede nachplappern. Dumme gibt es eben immer!"

Hier zuckten verschiedene zusammen, weil sie sich getroffen fühlten. „An dem Verdacht gegen Katja trägst du keine Schuld, das ist ein schlimmer Fehler der Fünften. Aber bei Babs müßtest du dich eigentlich entschuldigen. Ich vermute bloß, daß sie keinen Wert darauf legt. Und das sage ich dir: bei der nächsten Klatscherei, die du dir leistest, fliegst du. Deinen Eltern schreibe ich heute noch. Du selbst wirst am besten künftig jedes unnötige, das heißt private Gespräch mit anderen unterlassen. Bei den Mahlzeiten sitzt du heute und morgen allein. Ich habe dir dort schon eine Art Katzentisch decken lassen, du kannst gleich hingehen!"

Das war eine bittere Strafe für Uschi. Doch niemandem tat sie leid. Die meisten hatten sich schon oft über sie geärgert. Ob Fräulein Theobalds energische Rede Eindruck auf sie machte, war nicht zu erkennen. Sie stopfte das Essen in sich hinein, ohne zu den anderen hinzusehen. Denn daß sie bei den anderen nur Schadenfreude begegnen würde, war ihr klar.

Am anderen Morgen, als die Klasse ihr den Rücken zuwandte, platzte sie heraus: „Ich habe gehört, was die Mutter von Babs sagte: ‚Die neue Gesellschaft hier wird dir guttun. Und nach Hause kommst du vorläufig nicht. Fahr in den Ferien zu Gerhard . . ."

„Halt den Mund", rief eine andere, die in der Nähe stand. „Deine Reden interessieren uns nicht." Es war eine harte Strafe, die Uschi durchstehen mußte. Eine Weile half es; ob für immer, mußte man abwarten.

Babs ging zu ihr hin und sah sie an. „Nein", sagte sie

dann, „ich wollte dich eigentlich vermöbeln. Doch wozu Dreck anfassen?“ Sie sah im Weggehen, daß Uschi ihr die Zunge herausstreckte. Und dafür erhielt sie nun doch noch eine Ohrfeige.

Diese Geschichte war bezeichnend für das „Vögelchen Schlechthin“. Sie wurde bald die erklärte Lieblingslehrerin des Internats, und alle Schülerinnen jammerten bei der Nachricht, daß sie bloß bis zu den Sommerferien bleiben konnte.

Die Fünfte bekam ihre Torheit noch einmal kräftig zu spüren. Das geschah aber erst einige Zeit später, nachdem Babs und Katja verschiedene Briefe nach Hause geschrieben und mit den Eltern telefoniert hatten. Sie hielten sich abseits von der Klasse. Niemand versuchte zu vermitteln – auch die Lehrerinnen nicht. Sie erfuhren bald: für die beiden bedeutete Lindenhof nur ein Gastspiel. „Schade“, sagte die Mamsell, denn Babs sprach nicht nur ein korrektes, sondern auch ein glänzendes Französisch.

Eines Abends erschien Babs dann doch mit Katja im Gemeinschaftsraum und redete zu den verblüfften Mädchen: „Ich bin euch noch eine Erklärung schuldig, was eigentlich mit mir los ist. Also: mein Vater leitet die Krögerschen Bildungs-Anstalten. Schon mal davon gehört?“ Ein paar nickten. „Klar, sie sind ja berühmt. Ich habe mich die halbe Schulzeit hindurch geärgert, weil ich immer als die Tochter vom Direktor angesehen wurde. Eine schlechte Schülerin bin ich nicht, obwohl ich ein ganzes Jahr krank war. Aber bei meinen guten Noten hieß es immer: Freilich – das Direktoren-Töchterlein. Das hat mich so in Weißglut gebracht, daß ich eines Tages zugeschlagen habe. Einen Jungen und ein Mädchen habe ich fertiggemacht. Die sagten zwei Tage lang nicht mehr pieps. Doch damit war auch für mich Schluß. Ich sollte in eine andere Schule gehen. Das wollte ich selber längst. Jetzt aber habe ich meinen Eltern geschrieben, daß ich doch wieder nach Hause möchte. Sie haben alles in Ordnung gebracht und haben außerdem erlaubt, daß Katja mitkommt, weil sie meine Freundin geworden ist. Lieber werde ich in Zukunft ein paar ärgerliche Neckereien über mich ergehen lassen, als weiter mit solch feigen, hinterhältigen Ratten wie euch zusammenzustecken. So, das wollte ich euch noch sagen. Komm, Katja!"

Das war stark, und es zeigte, wie wütend Babs werden konnte. Aber die Mädchen aus der Fünften begriffen erst dadurch richtig, wie schwer gekränkt Babs und vor allem Katja waren. So schadete ihnen diese Beschimpfung gar nicht.

Die Zwillinge planen eine Party

„Und unsere Party?" fragte Nanni eines Abends. „Warm genug ist es jetzt, und augenblicklich sind wir in einer Schönwetter-Periode."

„Ich habe auch schon daran gedacht", antwortete Hanni. „Sagen wir doch gleich: nächsten Samstag. Was meint ihr, Hilda und Corni?"

Die beiden Zimmerkameradinnen nickten. „Drei Tage sind es bis dahin. Habt ihr viel vorzubereiten? Wir können euch helfen."

Das wurde dankbar angenommen. Sie planten den ganzen Abend über. Am nächsten Tag hefteten sie einen Zettel ans Schwarze Brett, in jene Ecke, die den Schülerinnen zur Verfügung stand:

PICKNICK IM GRÜNEN

Wir wiederholen unsere Einladung zu einer Mai-Party. Sie soll am kommenden Samstag steigen. Bitte tauscht die Einladungen, die wir im April verschickten, bei Pütti Lechner (erste Klasse) gegen eine bunte Kappe ein. – Aufbruch der Teilnehmerinnen 13.30 Uhr. Die Gastgeber und Helfer starten vorher und legen Spuren für eine Schnitzeljagd per Rad zum Festplatz. Dann müßt Ihr erst suchen, wo wir feiern wollen. Weiter wird nichts verraten.

Hanni und Nanni Sullivan.

Sie kauften ein, holten die Vorräte von daheim hervor, suchten den vielen Kleinkram zusammen, Teller, Becher, Papiergirlanden und Lampions, Servietten und Knallbonbons. Tessie baten sie um ihren Kassettenrecorder, und einen Transistor hatten sie selbst. Dazu ein paar Decken und Kissen. Ihr Zimmer hielten sie den ganzen Tag über verschlossen und hatten viel Spaß an den Vorbereitungen. Aber eine Riesenarbeit war es auch!

Und dann hieß es, nach der Karte die Wege aussuchen, auf die sie die anderen locken konnten, die Irrwege also. Den Platz für das Fest hatten sie längst ausgewählt: er lag in Richtung Waldwirtschaft Birkenreuth. Aber von dem Kreuzweg aus ging es links weiter. Dort war eine wunderhübsche kleine Waldwiese. Es wuchsen auf diesem Platz nur niedrige Kräuter, die im Sommer herrlich dufteten. Außerdem war ein Bach in der Nähe, ein winziges Rinnsal mit einem breiten, steinigen Bett. Dort konnten sie ihre beiden Kocher mit dem Hartspiritus gut anzünden, ohne daß Brandgefahr entstand. Sie wollten ja auch Würstchen heiß machen. Darauf bestand Nanni.

„Guck mal her“, sagte Corni, „wenn wir nun auf diese beiden Wege Papierschnitzel streuen, dann verirren sich die anderen bestimmt. Denn der Karte nach hören beide mitten im Wald auf.“

„Ja, aber wir müssen auch später noch mal zweierlei oder dreierlei Spuren legen, damit sie den richtigen Weg suchen müssen . . .“

„Den falschen am besten zuerst“, unterbrach Hanni die Schwester. „Ich nehme ja an, daß sie am Kreuzweg erst mal auf Birkenreuth lossteuern.“

„Also am Kreuzweg wieder verschiedene Spuren“, notierte Hilda.

Sie zogen am Samstag schon um zwölf Uhr los. Ihr Mittagessen hatten sie sich in der Küche vor der Essenszeit erbettelt, als sie morgens Eier kochten. Zwanzig Stück – die mußten reichen! „Die sind ja in der Hauptsache nur zur Dekoration da“, meinte Nanni. Vorsichtshalber schälten sie gleich alle zwanzig. Das bedeutete Zeitersparnis.

„Außerdem können wir mit den Schalen doch auch Spuren legen“, meinte Hilda.

„Hoffentlich kommen keine Vögel und picken sie weg – so wie im Märchen Hänsels Brotkrumen“, sagte Hanni lachend.

Die vier verließen das Haus durch die Hintertür, damit niemand sie etwa beobachtete oder gar verfolgte. Ihre Räder schwankten, so viel hatten sie daraufgeladen. Einen Teil der Sachen hatten sie in Campingbeuteln verpackt, die sie sich umhängten.

„Unsichere Fuhren“, stöhnte Nanni. Doch als sie ihr Gleichgewicht gefunden hatten, ging es prächtig. Sie verteilten Papierschnitzel und Eierschalen auf den Wegen, wie sie es ausgemacht hatten. Das hielt sie ein bißchen auf, aber um dreiviertel eins waren sie an der richtigen Stelle.

„Nun schnell alles herrichten!“ rief Nanni. Sie spannten Girlanden zwischen die Büsche, hängten bunte Kugeln an die niedrigen Äste der Bäume und packten die Vorräte aus. Viele Flaschen standen da, mehr, als sie mitgebracht hatten. Denn Corni hatte mit ihrer Freundin Isi Holzhausen, der Wirtin von Birkenreuth, ausgemacht, daß sie die Getränke lieferten – und zwar schon morgens. Nun lag der ganze Segen im Bachbett, das den Kühlschrank ersetzte.

Auf die Steine am Bachrand stellten sie die Kocher und die beiden Wassertöpfe. „Bis die anderen da sind, ist das Wasser warm“, meinte Hilda. Dann belegten sie die fertig gestrichenen Butterbrote und Semmeln mit Wurst, Käse, Eiern und Gurken. Lecker sahen die Scheiben aus. Die Kuchenstücke packten sie auf einen großen Pappteller. Zum Schluß wollte Hanni die Aprikosentorte aus dem Karton holen. „Laß sie doch drin“, riet Hilda. „Da steht sie geschützt. Herausholen können wir sie immer noch.“

Die Gäste erschienen gegen zwei. Ein paar verspäteten sich, sie waren der falschen Spur nachgeradelt. Aber nach und nach erschienen sie auch.

Die Zwillinge sahen sich um. „Sind alle da?“ fragte Nanni.

„Anscheinend. Nur Elli fehlt“, sagte Hilda.

Elli fehlte? „Mit wem wollte sie denn fahren?“ erkundigte sich Hanni.

Da stellte es sich heraus, daß die Kusine mit niemandem über das Fest gesprochen hatte. Merkwürdig!

„Sie hatte in der letzten Zeit überhaupt so eine komische Miene aufgesetzt“, sagte Tessie. „Das ist mir ein paarmal aufgefallen.“

Die Zwillinge waren so mit den Vorbereitungen beschäftigt gewesen, daß sie nicht darauf geachtet hatten. Sie warteten noch ein bißchen. Doch als Elli nicht kam, zuckten sie mit den Schultern. „Jetzt können wir es auch nicht mehr ändern. Wer weiß, was für eine Laus ihr über die Leber gelaufen ist“, meinte Nanni.

Tessie hatte den Kassettenrecorder mitgebracht, den die anderen beim besten Willen nicht mehr im Gepäck mitnehmen konnten. Den setzten sie nun in Betrieb, und die Party begann. Es wurde eine lustige Party. Sie lagen auf den Decken und Kissen, schwatzten und trällerten die Melodien mit. Der Transistor mußte den Recorder oft ablösen. Nanni nahm immer wieder ihren Fotoapparat zur Hand und knipste drauflos, ohne daß die anderen es merkten. Wenn die sich später auf den Bildern sahen, würden sie staunen!

„Wir müssen uns ganz schön beeilen, um mit den Vorbereitungen fertigzuwerden!“ mahnte Nanni

„Na, da hört sich doch alles auf!“ rief plötzlich eine kräftige Männerstimme. Sie sahen sich erstaunt um: zwei junge Leute in Försterkleidung traten gerade aus dem Wald. „Da haben wir anscheinend einen ganzen Klub von Waldfrevlern entdeckt“, und er begann aufzuzählen: „Anzünden von Feuer, Zertrampeln einer Wiese, Vergrämen von Wild durch großen Lärm . . .“

Die Freundinnen waren im ersten Augenblick erschrocken, aber dann riefen sie den zweien entgegen: „Zeigen Sie uns ruhig an. Aber passen Sie auf, daß Sie sich dabei nicht blamieren!“

„Nanu?“ Der eine Forsteleve – denn richtige Förster waren sie noch nicht – erkundigte sich: „Haben Sie eine Erlaubnis, hier zu zündeln?“

„Haben wir“, antwortete Hanni selbstbewußt. „Wenn Sie genauer hinsehen möchten: die beiden Kocher stehen im Bachbett zwischen lauter Steinen. Kein Gedanke, daß Funken überspringen könnten.“

„Und das Wild, um das Sie so besorgt sind“, sagte Bobby, „das ruht jetzt irgendwo mitten im Wald im Unterholz – falls ich ungebildetes Geschöpf die klugen Herren belehren darf.“

„Danke“, sagte der andere junge Mann, „aber der Besitzer der Wiese? Ist der mit dem Zauber hier einverstanden?“

Die Mädchen hatten längst entdeckt, daß die beiden nur so wichtig taten und sich heimlich vergnügt zublinzelten. Deshalb rief Nanni, ehe eine andere etwas sagen konnte: „Oh, da verraten Sie uns bloß nicht! Wer weiß, wem dieses Land gehört. Der zeigt uns womöglich an.“ Dabei setzte sie eine ganz ängstliche Miene auf.

„Mal sehen“, war die Antwort. „Soviel ich weiß, ist der Besitzer recht streng. Außerdem war er selber einmal Revierförster und hat nie etwas Gesetzwidriges geduldet. Sehr streng soll er gewesen sein."

Nanni lachte hell heraus. „Unser alter Opa Holzhausen?" rief sie. „Mag sein, daß er streng war gegen junge Leute in seinem eigenen Beruf. Die haben es wahrscheinlich nötig." Peng – das saß! „Zu uns ist er immer nur lieb und nett."

„Was, Sie kennen ihn? Na, dann brauchen wir nicht länger die strengen Mienen aufzusetzen."

„Sie stehen Ihnen auch nicht besonders", meinte Hanni trocken, und nun löste sich das Gespräch in fröhlichem Gelächter auf.

Die Eleven stellten sich vor: Wolf Günter und Peter Hach. Sie wurden zu einer Tasse Tee eingeladen.

„Auf verbotenem Gelände gekocht", knurrte Bobby anzüglich, als sie Wolf die erste Tasse hinreichte.

„Dafür schmeckt sie ausgezeichnet", lobte er und nahm auch von dem Kuchenteller, den Tessie zwischen beide stellte.

„Was feiern die jungen Damen eigentlich?" fragte Peter. „Irgendeinen besonderen Anlaß muß dieses rauschende Fest doch haben."

„Hat es auch – einen Zwillingsgeburtstag, der allerdings schon ein paar Wochen zurückliegt."

Jetzt bemerkten die Eleven erst die erstaunliche Ähnlichkeit der Schwestern Hanni und Nanni und konnten sich nicht genug darüber wundern.

„Nun, wenn das die Gastgeberinnen sind", sagte Peter schließlich, „dann geben Sie uns vielleicht die Ehre, mit Ihnen zu tanzen?" Er verbeugte sich vor Nanni, die am nächsten saß.

Corni spurte sofort und legte ein Band mit flotter Beat-Musik ein. Wolf zog Hanni vom Boden auf, und beide

Paare begannen auf dem unebenen Boden ein fröhliches Gehopse. Sie blieben nicht allein. Die anderen hatten zunächst nur den Takt mitgeklatscht. Aber dann traten auch sie zum Tanz an, und sie vollführten das „rhythmische Gliederzucken" (wie Fräulein Jenks sich beim Betrachten einmal spöttisch ausgedrückt hatte) mit so viel Eifer und Kraftaufwand, daß sie zum Schluß atemlos japsend auf den Boden sanken.

Die beiden jungen Jäger konnten nicht länger bleiben. „Wir sind auf der Suche nach einer Bache mit Frischlingen – einer Wildsau mit Jungen also", erklärten sie. „Die treiben sich seit einiger Zeit hier in der Gegend herum und richten viel Schaden an. Die Bauern laufen uns mit ihren Beschwerden schon das Haus ein." Sie bedankten sich für die Gastfreundschaft – denn zum Schluß hatten sie sich nach der Anstrengung des Tanzens noch mit ein paar Brötchen stärken müssen – und gingen winkend weiter.

Die meisten Mädchen waren vom Tanzen redlich erschöpft. Aber die Freundinnen ließen sich nicht lumpen, sie hatten auch ihr Programm! Niemandem war aufgefallen, daß Bobby und Jenni plötzlich verschwunden waren. Als sie wieder zum Vorschein kamen, jauchzten die anderen: sie hatten gleiche Pullis an – aus dem Kleiderschrank der Zwillinge. Die Haare trugen sie hochgesteckt, obwohl Bobbys Frisur wesentlich kürzer war als Jennis. Eine rote und eine blaue Haarschleife hatten sie hineingeflochten. Arm in Arm und heftig redend gingen sie auf den Festplatz zu. Plötzlich stampfte Jenni mit dem Fuß auf. „Ich denke nicht daran, mich hier wohlzufühlen, Nanni! Wir sind gegen unseren Willen hergeschickt worden, und wir werden nicht hierbleiben. Hast du verstanden?"

„Du hast recht, Hanni. Was ist das schon für eine Schule!

Die reinste Erziehungsanstalt. Früh aufstehen und die Betten selber bauen. In Neuburg hat kein Mensch so etwas von uns verlangt. Wir sollen sogar unsere Sachen selber flicken."

„Denkst du, das tue ich?" schimpfte Hanni zurück. „Hier, sieh mal!" Sie zog den Rock auf die Seite und zeigte einen gewaltigen Riß von oben bis unten. „Wenn sich jemand einbildet, daß ich den Rock in Ordnung bringe, hat er sich gewaltig geschnitten. Höchstens ein paar Sicherheitsnadeln werde ich hineinstecken."

„Und wie findest du, daß wir den Großen helfen sollen, ihr Brot zu rösten und Tee aufzubrühen? Wir sind doch nicht als Hausmädchen angestellt."

„Das hat Mutti gewiß nicht geahnt, als sie uns herschickte."

„Und was das für Mädchen sind: diese gräßliche Jenni mit ihren spitzen Redensarten. Als ob sie uns erziehen müßte! Die soll lieber bei sich selber anfangen."

„Na, und die Bobby mit ihrer Derbheit. Ich bitte dich, das ist doch kein Umgang für uns!" Die Zuschauer kicherten, als die beiden sich gegenseitig schlechtmachten. Doch die redeten ungerührt weiter: „Stell dir vor: diese Pamela aus der Sechsten hat doch wahrhaftig verlangt, daß ich ihre scheußlichen Schuhe putze. Ganz verkrustet von Lehm waren sie. Einem so etwas zuzumuten!"

„Hast du es vielleicht getan?"

„Katrin hat es heimlich für mich getan. Die ist eigentlich ganz nett."

„Mag sein. Aber guck dir bloß die Lehrerinnen an. Keine ein bißchen schick wie die in Neuburg, richtige alte Krähen. Dieses Mamsell mit ihren Zottelhaaren . . . und die anderen auch . . ."

Die beiden setzten sich, und schon stand Hilda vor

ihnen. Sie hatte sich ebenfalls verändert: ihre Bluse war mit einer dunklen Krawatte geschlossen, und sie hatte sich die Haare ähnlich aufgesteckt wie Fräulein Roberts. „Nun, Zwillinge", sagte sie, „ihr dürft euch ruhig etwas anstrengen. Eure Arbeiten haben mir gar nicht gefallen."

„Bis jetzt waren wir immer die Besten in unserer Klasse", antwortete Jenni-Hanni schnippisch.

„Dann waren die Anforderungen in eurer früheren Schule gewiß nicht so hoch wie in Lindenhof."

„Neuburg genießt in vornehmen Kreisen einen sehr guten Ruf." Jenni zog eine Grimasse.

Hilda wendete sich an Bobby-Nanni: „Du behauptest in deiner Rechenarbeit gleich zweimal, daß dreizehn mal achtzehn gleich zweihundertachtundzwanzig ist."

„So haben wir es in Neuburg gelernt, und so ist es richtig."

„Wirklich?" antwortete Hilda – vielmehr Fräulein Roberts. „Meinetwegen bleib dabei. Aber in meiner Klasse ist dreizehn mal achtzehn immer noch zweihundertvierunddreißig, und danach mußt du dich richten, wenn du hier vorwärtskommen willst."

Hanni und Nanni hatten mit den anderen um die Wette gelacht, als die Freundinnen sie als die viel bestaunten und verspotteten „hochnäsigen Zwillinge" der ersten Zeit in Lindenhof vorführten.

Aber nun hielten sie sich die Ohren zu, und Hanni rief übermütig: „Aufhören! Ganz so schlimm waren wir wirklich nicht."

„Noch viel schlimmer", sagte Jenni trocken. Aber sie waren mit ihren Bosheiten doch am Ende und machten Schluß.

Ein Gewitter fegt die Festwiese leer

Doris fing plötzlich an, die Lehrerinnen nachzumachen; zuerst Mamsell, die französische Lehrerin. Das war ihr Glanzstück. Dann aber nahm sie sich auch die anderen vor: ihre Klassenlehrerin, das strenge Fräulein Jenks, die sehr leicht ironisch wurde, Fräulein Körner, die gern lustig war und sich immer ein bißchen forsch gab ... bis zum „Vögelchen Schlechthin". Alle schrien vor Vergnügen, als Doris rief: „Es scheint euch schlechthin zu schmecken. Aber es ist auch schlechthin alles vorhanden, was man sich wünschen kann. Ich muß sagen, die Zwillinge haben es mit ihrer Party schlechthin großartig getroffen. So etwas sollte es öfter geben. Es macht schlechthin ..."

„Freude", hatte sie sagen wollen, aber das Wort blieb ihr im Hals stecken. Statt dessen krachte ein gewaltiger Donner, und als sie erschrocken zum Himmel hinaufsahen, war der schwarz.

Bei aller Alberei hatten sie nicht gemerkt, daß ein Gewitter heraufzog. Nun war es auch schon da. Noch ein Blitz und gleich darauf wieder ein Donner, und dann prasselte der Regen. Entsetzt fuhren sie hoch.

„Nehmt Decken und Apparate mit!" rief Hanni, die sich zuerst faßte. „Dann nichts wie fort."

„Nach Birkenreuth!" schrie Corni. „Das ist am nächsten."

In Windeseile saßen sie auf den Rädern und sausten los. Sie brauchten nur ein paar Minuten bis zum Gasthaus. Trotzdem kamen sie platschnaß dort an.

„Ihr seht ja lieblich aus“, empfing Isi die durchweichte Gesellschaft. „Schnell raus aus den nassen Sachen! Ich suche trockene.“ Zuerst sorgte sie für Handtücher und holte die Mädchen in ihre warme Küche. Dann schleppte sie von ihren Sachen heran, das, was ihr einigermaßen geeignet erschien: Sommer- und Winterkleider, Blusen und Röcke oder Hosen, zum Schluß sogar ein paar Schlafanzüge. Sie lachten über die Maskerade, in die sie plötzlich geraten waren, und Nanni fing schon wieder zu knipsen an.

Als Günter Holzhausen, der Hausherr, heimkam, fuhr er beinahe erschrocken zurück: auf dem Flur begegnete ihm Marianne in seinem eigenen Schlafanzug, dessen Hosenbeine sie umgekrempelt hatte.

Isi und ihre Helferin, Frau Fabbri, setzten Teewasser auf und strichen Brote.

Inzwischen war in Lindenhof Kusine Elli höchst aufgeregt ans Telefon gestürzt, nachdem die letzten Gäste zum Picknick aufgebrochen waren. „Mutter“, rief sie ins Telefon, „bitte hol mich heute noch nach Hause.“

„Bist du närrisch?“ fragte ihr Mutter zurück. „Was fällt dir ein?“

„Ich kann nicht länger hierbleiben, Mutter, nicht einen Tag!“

„Was ist denn los?“

„Hanni und Nanni feiern heute ein Fest. Und mich haben sie nicht dazu eingeladen?“

„Was sagst du da? Sie haben dich nicht eingeladen? Das kann ich mir nicht denken.“

„Es ist aber so, und ich bin vor der ganzen Klasse blamiert. Bis zur letzten Minute hatte ich damit gerechnet, daß sie mir doch noch etwas sagten, aber sie taten es nicht. Keinen

Tag länger bleibe ich hier. Bitte hole mich ab, sonst reiße ich heute noch aus."

„Nun beruhige dich erst einmal und erzähle."

„Es gibt nichts weiter zu erzählen. Kommst du?"

Ellis Mutter kannte ihre Tochter gut. Aber es war ihre einzige, der sie gern jeden Kummer ersparte. Außerdem war sie gerade allein zu Hause, weil ihr Mann auf einer Geschäftsreise war. So hatte sie Zeit und Lust zu einem Aus-

„Ich bin blamiert, die Zwillinge haben mich nicht zum Fest eingeladen!" jammerte Elli

flug. „Ich komme. Dieser Sache möchte ich gern auf den Grund gehen. Ich bin überzeugt, daß ein Mißverständnis vorliegt."

Anderthalb Stunden später war die Mutter in Lindenhof. Ganz verheult kam Elli ihr entgegen. Ihre Mutter schüttelte den Kopf. „Wo sind deine Kusinen?" fragte sie.

„Die sind doch bei ihrem Picknick."

„Bei diesem Wetter?" fragte die Mutter und zeigte auf die großen Pfützen, die noch im Hof standen.

„Sie sind bei dem Regen in einen Gasthof geflüchtet", berichtete Elli. „Von dort haben sie die Hausmutter angerufen, damit sich niemand sorgt."

„Kennst du das Gasthaus?"

„Ja, es heißt Birkenreuth. Wir waren schon einmal dort, die ganze Klasse."

„Dann steig ein, daß wir auch hinfahren können."

Elli blieb nichts übrig, als zu gehorchen. Sie kamen ins große Vergnügen hinein.

Als der Regen nachgelassen hatte, war Günter mit dem Rad zum „Festplatz" gefahren. „Ich will nachsehen, was von euren Vorräten von dem Wetter verschont geblieben ist", hatte er gemeint. Aber er war sehr schnell wieder da und fragte mit verdächtigem Grinsen: „Hat eine von euch einen Fotoapparat?"

„Ich", rief Nanni.

„Dann zieh dich wasserdicht an und komm mit. Und mir gibst du unsere Filmkamera", bat er Isi.

„Was ist denn?" fragten die Mädchen.

Aber er winkte ab. „Nachher erzähle ich. Jetzt komm, Nanni!"

Sein Vater nahm ein Rad und fuhr beiden nach.

Als sie nach einer guten halben Stunde zurückkehrten,

lachten alle drei. Der alte Holzhausen schlug sich vor Vergnügen auf die Schenkel und rief: „Gut, daß ihr geknipst und gefilmt habt. Sonst hieße es gleich wieder: Jägerlatein! wenn ich diese Geschichte erzählte."

„Was denn?" fragten die Mädchen. „Macht es doch nicht so spannend."

Da schilderten die drei, was sie gesehen hatten: die Torte, die Teller mit den belegten Schnitten und die Kannen waren umgekippt und durchweicht. Eine Bache mit ihren Frischlingen schmatzte und schnupperte daran. Es schien den Wildschweinen gut zu schmecken. Der Geruch der Milch und vielleicht auch der Eier hatte zwei Igel herbeigelockt – Nachttiere, die sich aber auch am Tag einen solchen Genuß nicht entgehen ließen.

Das war wirklich eine Gaudi! „Hauptsache, den Tieren schmeckt es", sagten die Zwillinge. „Das meiste hatten wir ja schon verzehrt."

Und in das Lachen hinein platzte Elli mit ihrer Mutter.

„Ja, Elli", rief Nanni, die sie zuerst entdeckte, „warum kommst du jetzt erst? Wir haben dich schon vermißt."

Ihre Mutter sah Elli an. Siehst du – es war ein Mißverständnis, hieß das.

Aber Elli sagte verbissen: „Ihr habt mich doch nicht eingeladen."

„Was?" riefen die Zwillinge wie aus einem Munde. „Natürlich haben wir dich eingeladen."

„Nein, das habt ihr nicht."

„Das ist doch Unsinn, Elli. Schon im April – genau wie die anderen. Hast du die Einladungskarte vielleicht vertrödelt? Dann hättest du es uns doch nur zu sagen brauchen."

„Aber nein, ich habe niemals eine bekommen."

„Liebe Elli", sagte Nanni, und sie war schon ärgerlich,

„wir haben damals unsere Einladungen sofort verschickt, als wir Geburtstag hatten. Denn dies ist ja unsere nachträgliche Geburtstagsparty. Auf jeden Glückwunsch hin haben wir prompt einen Umschlag geschrieben, die Karte hineingelegt und abgeschickt."

Alle sahen Elli an. Puterrot und verlegen stand sie da und sagte gar nichts.

„Nun, Elli?" fragte ihre Mutter.

„Ich habe den Geburtstag vergessen", sagte sie schließlich leise.

„Na, da braucht es weiter keiner Erklärung. Trockne deine Krokodilstränen!" schloß ihre Mutter den Streit und ging hinaus in die Küche. Dort bestellte sie Waffeln. Es dauerte gar nicht lange, bis Berge davon anrollten. Dazu kam Nachschub von einem heißen Getränk, das sich von dem ersten Tee allerdings durch einen tüchtigen Schuß Rotwein unterschied. Der alte Förster hatte den Trank heimlich auf seine Weise verbessert. Isi merkte es erst, als sie kostete, ob genug Zucker dran sei.

„Vater?" fragte sie bloß augenzwinkernd.

Er zwinkerte zurück und sagte: „Vierzehn Jahre alt sind die Mädchen. Die vertragen schon ein bißchen Rotwein."

So feierte Elli schließlich doch noch mit. In schönster Eintracht und in den inzwischen getrockneten Kleidern kehrte die Geburtstagsgesellschaft abends nach Lindenhof zurück.

Die Bekanntschaft mit den beiden Forsteleven hatte übrigens noch ein Nachspiel – genau gesagt sogar zwei. Aber das zweite ereignete sich erst ein paar Wochen später, das andere schon nach wenigen Tagen. Da wartete Corni am Samstag morgen vor dem Kreishaus auf ihren Vater, der noch im Amt zu tun hatte. Plötzlich kamen zwei junge Männer aus dem Haus, stutzten und traten dann auf Corni zu. „Kennen wir uns nicht?" fragte der eine. „Stichwort Waldwiese."

„Waldfrevel", setzte der zweite hinzu.

„Scheint so zu sein." Corni nickte.

„Das klappt famos", versicherten beide. „Wir wollten uns ohnedies bei Ihren Freundinnen, den Zwillingsschwestern, melden. Wir haben nämlich Fotos geschossen, über die sie sich gewiß amüsieren werden – und die übrigen Festteilnehmer auch."

Der eine – Wolf war es, wenn Corni sich recht erinnerte – holte aus seiner Brieftasche ein paar Abzüge und zeigte sie Corni.

Toll – das waren Bilder! „Die sollen wir haben?" fragte sie.

„Natürlich!"

Da hatte Corni einen Einfall: „Überlassen Sie mir die Bilder? Auch die Negative? Ich bezahle sie Ihnen selbstverständlich. Aber Sie dürfen den anderen nichts verraten. Ich plane eine Überraschung."

„Bei Ihnen scheint es ja Einfälle am laufenden Band zu geben. Das haben wir neulich schon gemerkt. Und von Geld braucht keine Rede zu sein."

„Doch . . . doch . . . bloß . . .", sie wühlte in ihrer fast leeren Geldtasche, „Augenblick . . . dort kommt mein Vater. Vati, Vati", rief sie und winkte, „komm doch mal her!"

Herr Lachner ging rasch zu der Gruppe: „Was gibt's?"

Peter platzte heraus: „Was . . . der Herr Landrat!" und beide grüßten höflich.

Corni versuchte zu erklären und bat dann: „Bezahle den beiden bitte die Bilder."

Die taten natürlich verlegen und wollten nichts nehmen. Doch zum Schluß hielt Corni Negative und Abzüge als ihr rechtmäßiges Eigentum in der Hand. Sie verabschiedeten sich.

Corni rieb sich die Hände. Noch am gleichen Nachmittag telefonierte sie mit Isi in Birkenreuth und bat: „Rückt ja nichts heraus von den Bildern und Filmen. Ich brauche alles. Wozu – das erzähle ich euch beim nächsten Besuch, und dann führe ich euch alles vor, was ich sonst noch habe."

Die „Fünfte" ist gar nicht so übel

Die Maitage waren wunderschön. Deshalb setzte Fräulein Theobald für die ganze Schule einen Wandertag an. „Mit naturkundlichem Einschlag", sagte sie. „Ihr müßt unterwegs Pflanzen sammeln und hier im Internat nach den Büchern bestimmen."

Die sechste Klasse bat, daß sie lieber zu Hause bleiben dürfte. Sie bereiteten sich auf die Abschlußprüfungen vor.

„Gut, einverstanden", sagte die Direktorin. „Doch ich verlasse mich darauf, daß ihr mittags wenigstens eine Stunde hinausgeht. Lernen ist gut, aber frische Luft und ein klarer Kopf sind besser."

Die vierte und die fünfte Klasse sollten zusammen losziehen, nicht nur mit ihren Klassenlehrerinnen, sondern auch mit Fräulein Vogel. Sie als Naturkundlerin kannte sich draußen gut aus. Die vierte Klasse jubelte. „Jetzt werden wir sie ein bißchen privat haben", meinten sie und überlegten schon, was sie fragen und was sie erzählen wollten.

Die Fünfte war weniger begeistert. Sie wußten ja, daß gerade diese Lehrerin ihnen die Blamage mit Katja und Babs eingebrockt hatte. Die beiden Mädchen waren freilich inzwischen fortgezogen. Aber die Fünfte empfand immer noch den Tadel von Fräulein Theobald und ein Mißtrauen der Lehrerinnen. Vielleicht war dieses Mißtrauen gar nicht so schlimm. Ihr eigenes schlechtes Gewissen ließ ihnen jedoch keine Ruhe. Sie waren froh, daß die Vierte mit ihnen wandern sollte. „Die haben ja an der Vogel einen Narren gefressen", sagte Gisela, mehr grob als nett. „Da können sie den ganzen Tag um sie herumtanzen."

Sie verstauten in ihren Campingbeuteln außer einem Regenschutz und dem Proviant auch Löschpapier, Pappdeckel und Gummiringe, um Pflanzen sicher befördern zu können. Früh am Morgen brachen sie auf, weil sie kurz nach Mittag wieder zu Hause sein sollten. Die Hausmutter hatte ihnen eine „Vespermahlzeit mit allen Schikanen" versprochen, das bedeutete die Aussicht auf etwas besonders Gutes.

Auch die unteren Klassen wimmelten schon aufgeregt durch die Schule. Sie sollten erst eine Stunde später losgehen und schon zum Mittagessen zurück sein.

Das erste Ziel war ein Moor, das gar nicht weit von Lindenhof entfernt lag. Aber dort war noch nicht viel los. Nur grüne und gelbliche Spitzen guckten heraus. Den Pflanzen war es gewiß noch zu kalt. Doch ab und zu fanden sie unterwegs ein paar Blüten, über die das „Vögelchen" sich freute, sogar Orchideen, die sie nicht abpflücken durften.

„Die sind schlechthin kleine Wundergebilde", sagte die Lehrerin, „und ziemlich selten. Die sollen ungestört weiterwachsen."

Wieso sie dann aber auch über Unkraut in Entzücken geriet, sogar über die doch als sehr giftig bekannte Tollkirsche, das begriffen die Mädchen nicht. Doris fragte mit unschuldiger Miene: „Ihnen gefallen wohl alle Pflanzen schlechthin?"

„Natürlich", war die Antwort, „du sagst es: schlechthin alle."

Erstaunt sah sie sich um, als hinter ihr ein paar kicherten. Aber trotz der närrischen Verliebtheit zu allem Grünzeug war das „Vögelchen" eine Wucht. Sie machte allen Unsinn mit, balancierte auf Baumstämmen über Moraste und verzichtete am Bach auf die Brücke, weil im Wasser genug große Steine lagen, auf die man springen konnte, und sie wußte wundervoll zu erzählen. Fräulein Jenks und ihre Kollegin Heier von der Fünften gingen würdig am Schluß. Ob sie wohl manchmal den Kopf schüttelten, weil ihre junge Kollegin sich genauso ausgelassen benahm wie die Schülerinnen?

Zur Frühstückszeit kehrten sie in einem kleinen Gasthaus ein.

„Wollen wir draußen essen?" riefen ein paar.

„Klar", entschied Fräulein Jenks. „Es ist warm genug."

Im Nu waren die paar Tische besetzt. Am Gartenende saß eine kleine Gesellschaft von ein paar Jungen und Mädchen, die lebhaft erzählten und nicht auf die Mädchen aus Lindenhof achteten. Und gleich neben dem Eingang hockte ein älterer Mann auf seinem Gartenstuhl. Der sah fast wie ein Landstreicher aus, trank ein Bier und hatte sein Frühstück aus der Tasche geholt.

„Guckt doch, in Zeitungspapier gewickelt, Brrr", sagte Nanni leise.

„Wenn's ihm schmeckt", widersprach ihre Schwester.

„. . .und er eine gute Wurst drauf hat", setzte Bobby hinzu.

Er brummelte manchmal vor sich hin und schielte auch zu den vergnügten, schwatzenden Mädchen hinüber.

„Au", schrie plötzlich Ursel Resch aus der Fünften, „mich hat eine Wespe gestochen."

Fräulein Vogel sprang auf, wühlte in ihrer Tasche und rannte zu dem Unglückswurm Ursel. Der Stich schwoll sofort tüchtig an, und das Mädchen jammerte. Es war aber auch dumm: das Insekt hatte sie ausgerechnet dicht am Auge erwischt. Das Lid wurde immer dicker und glasiger. Fräulein Vogel hatte eine Salbe. Die linderte. Allzuviel nützte sie trotzdem nicht.

„Armes Kind! Aber bis morgen vergeht es gewiß", tröstete sie.

Die anderen Mädchen standen um die beiden herum und waren voll Mitleid. Fräulein Jenks spendierte dem Opfer ein Eis. Doch die Schwellung nahm weiter zu. „So ein Biest von Wespe", schimpfte Ursel.

„Sei nicht ungerecht", sagte Fräulein Vogel. „Ich glaube nicht, daß es eine Wespe war. Die geben uns erst im Hochsommer die Ehre. Wahrscheinlich war es eine Biene. Ich habe den Stachel noch aus der Stichwunde gezogen. Das arme Tier überlebt den Stich nicht."

„Das geschieht ihm recht."

„Aber Ursel, die Bienen sammeln uns doch den Honig."

„Den esse ich bestimmt nicht wieder. Ich mache mir sowieso nicht viel daraus."

Na schön – gegen solche Protestaktion ließ sich nichts einwenden. Ursel schielte beinahe, ihr Auge verschwand allmählich.

„Ich glaube, wir brechen auf", sagte Fräulein Jenks. „Packt eure Sachen zusammen. Willst du lieber hier warten, bis wir zurückkommen, Ursel?"

„Nein, nein, ich gehe mit."

Fräulein Vogel strich noch einmal die kühlende Salbe auf Ursels Auge. Dann wollte sie die Tube wieder in ihrer Tasche verstauen. „Meine Geldtasche ist weg", rief sie plötzlich und im nächsten Augenblick noch viel erschrokkener: „Meine Brieftasche auch."

Du liebe Zeit! Die Mädchen sahen sich um: der merkwürdige Alte war verschwunden und die jungen Leute vom anderen Tisch auch. Sicherlich hatte der Alte die Sachen mitgenommen. Er sah ja wie ein Landstreicher aus. „Wir müssen ihn suchen", riefen die Mädchen. „Weit kann er nicht gekommen sein. Los!"

Und ein paar setzten sich in Trab, obwohl die Lehrerinnen widersprachen.

„Wir treffen uns wieder hier", rief Jenni über die Schulter zurück und raste mit den andern davon. Sie kamen nicht besonders weit. Hinter dem Haus berieten sie kurz und schwärmten dann in verschiedene Richtungen. „Es hat keinen Zweck, sehr weit zu laufen", meinte Bobby. „Der Alte ist bestimmt kein Renner. Wenn wir ihn in der nächsten Viertelstunde nicht erwischen, können wir umdrehen."

„Und wenn wir ihn finden?" fragte Carlotta.

„Dann zweimal laut pfeifen! Sonst bin ich dafür, daß wir kehrtmachen, wenn wir in . . . sagen wir, in zwanzig Minuten nichts entdecken."

Er war wie vom Erdboden verschwunden – wer mochte wissen, in welchem Versteck? Erfolglos kamen die Mädchen zurück.

„Hatten Sie viel Geld bei sich?" fragte Fräulein Jenks ihre Kollegin.

„Ach, um das Geld geht es mir gar nicht so sehr", klagte Fräulein Vogel. „Aber in der Brieftasche waren wichtige

Papiere, mein Führerschein und ein Brief von der Schulleitung, die mich zum Herbst einstellen wird."

„Das ist halb so wild", rief Doris vorlaut, „dann bleiben Sie bei uns."

Von den anderen achtete niemand auf den Vorschlag. Sie überlegten alle: Wie schaffen wir die Papiere wieder her? Und das Geld natürlich auch.

Tessie nahm Gisela und ein paar andere zur Seite. „Ich glaube nicht, daß der Alte die Sachen genommen hat. Viel eher stecken die Burschen und Mädchen dahinter, die drüben saßen. Die mußten an unserem Tisch vorbei, als sie weggingen."

Den anderen leuchtete das ein. Aber wo sollten sie die Gesellschaft suchen? Keine hatte in der Aufregung um Ursels Stich darauf geachtet, was ringsum vorging.

„Kommt, wir erkundigen uns in der Küche!" Tessie ging zielsicher zur richtigen Tür und traf dort die Wirtin.

„Fehlt etwas?" fragte die Frau freundlich.

„Kannten Sie die jungen Leute, die am Zaun saßen?"

Die Wirtin überlegte einen Augenblick und rief dann ihr Mädchen. „Dorle", sagte sie, „waren die Burschen und Mädchen an dem letzten Tisch nicht die von Hoya?"

„Freilich." Dorle nickte eifrig. „Bei denen passe ich immer extra auf, seit sie mich mal bei der Zeche beschwindeln wollten. Haben sie etwas angestellt?"

„Unserer Lehrerin fehlen ein paar Sachen."

„Das sieht denen ähnlich", meinte Dorle. „Ich habe mich schon gewundert, daß sie so schnell verschwanden."

„Haben sie bezahlt?" fragte die Wirtin besorgt."

„Bei denen kassiere ich sofort", antwortete Dorle lachend. „Die legen mich nicht rein."

„Aber wo finden wir sie?" fragte Gisela ungeduldig.

Eine schwierige Frage. Doch Dorle wußte einen Rat. „Die haben hier ganz in der Nähe einen Treffpunkt. Dort habe ich sie schon ein paarmal gesehen. Da hinten bei der alten Mühle ..." Sie zog die Mädchen ans Fenster und deutete auf ein Dach, das zwischen Bäumen hervorschaute. „Vielleicht sind sie dorthin gegangen."

„Die werden wir überraschen", schlug Tessi vor.

Doch die Wirtin warnte: „Gegen die Burschen könnt ihr wenig ausrichten."

Das stimmte. Aber die Gelegenheit, etwas gutzumachen, wollten die Mädchen sich nicht entgehen lassen.

Als die Wirtin merkte, daß sie unbedingt zur alten Mühle gehen würden, sagte sie: „Ihr vier wollt los? Ja? Da nehmt vier Räder aus der Scheune. Dann seid ihr flinker als die Bande und könnt ausreißen." Sie überlegte noch einen Augenblick, dann befahl sie Dorle: „Hole Hubert. Der soll mitfahren. Und er soll einen ordentlichen Knüppel mitnehmen. Es ist unser alter Hausknecht."

„Na, dann kann ja nichts schiefgehen!" Tessie und die anderen bedankten sich herzlich bei der Wirtin, schlichen über den Hof zur Scheune und brausten los. Der alte Hubert folgte ihnen schnell.

Die Mühle schien nicht mehr in Betrieb zu sein. Wohl hörten sie das Wasser noch plätschern, aber es drehte sicherlich kein Rad mehr. „Eigentlich ein romantisches Fleckchen", sagte Gisela, „und so etwas gibt es nahe bei Lindenhof, ohne daß wir es kennen."

Ein breiter Steg führte über den Mühlbach in einen großen Hof. Sie waren abgestiegen und gingen vorsichtig hinein. Da ... aus dem Schuppen in der Ecke hörten sie Lachen. Die vier Mädchen sahen sich um. Es war ihnen noch etwas bänglich zumute. Aber da erschien gerade Hubert auf der Brücke. Er winkte ihnen mit einem kräftigen Knüppel zu. Nun, mit Hubert im Hintergrund konnten sie sich vorwagen! Die Gesellschaft im Schuppen – drei junge Burschen und zwei Mädchen – sahen überrascht auf, als Tessie schneidig kommandierte: „Gebt uns die geklauten Sachen sofort heraus!"

Aber nur im ersten Augenblick waren sie erschrocken, dann sagte der eine, der vielleicht der Anführer war: „Du hast vielleicht Nerven, Puppe!" Er machte Anstalten aufzustehen.

„Welche Sachen meinst du überhaupt?" rief ein anderer. „Und wieso geklaut?"

Aber da war Hubert schon heran, schwang einen Knüppel und rief: „Sachte, mein Junge, die Polizei kommt auch gleich." Denn die Wirtin hatte dort angerufen. Sie fühlte sich für die Mädchen verantwortlich. Man sah, wie der Schreck den fünf Übeltätern in die Knochen fuhr. Sie warfen Brieftasche und Geldbeutel hin und wollten fliehen. Aber Hubert stand im Eingang und riet den Mädchen: „Seht nach, ob alles drin ist."

„Der Geldbeutel ist leer", antwortete Gisela.

Hubert befahl: „Also raus mit den Kröten."

„Die Brieftasche scheint noch in Ordnung zu sein", meldete Tessie, die sich an Fräulein Vogels Klage erinnerte: „Der Brief der Schulbehörde und der Führerschein ..." Beides war da.

Die Missetäter hatten inzwischen ihren Raub herausgerückt, den sie bereits unter sich aufgeteilt hatten. Die Scheine und Münzen flogen auf den Boden, und die Mädchen sammelten eifrig alles ein. „Mehr haben wir nicht", versicherte der Anführer, und es klang glaubhaft. „Dürfen wir abhauen?"

„Gebt uns die geklauten Sachen wieder heraus!“ rief Tessie wütend

„Meinetwegen", sagte Hubert und machte ihnen den Weg frei. „Aber bessert euch."

In Siegerlaune fuhren die Mädchen zum Gasthaus zurück, wo ihr Fehlen unterdessen bemerkt worden war. Natürlich gab es eine Riesenaufregung für die Lehrerinnen. Die anderen, die den Alten gesucht hatten, waren schon wieder eingetroffen – ohne Erfolg. Aber wo waren die vier aus der fünften Klasse?

Wären sie bloß auf den Gedanken verfallen, die Wirtin zu fragen! Die hütete sich natürlich, von selber zu berichten. Sie sah immer besorgt zu dem Weg hinaus, der zur alten Mühle führte. Na endlich, da kamen sie! Nun rannte die Wirtin in den Garten hinaus und fragte: „Haben Sie die Mädchen schon vermißt? Sie kommen gerade." Und ehe die verblüfften Lehrerinnen fragen konnten, brausten die vier wie die wilde Jagd auf ihren Rädern heran und legten Geldbeutel und Brieftasche vor Fräulein Vogel auf den Tisch. Der alte Hubert war in den Hof eingebogen und verschwunden.

„Jetzt sagt bloß . . .", fing Fräulein Jenks an.

Aber Tessie unterbrach sie: „Bitte, Fräulein Vogel, zählen Sie nach, ob alles Geld drin ist."

Das „Vögelchen" schüttete die Geldtasche aus und staunte: „Das ist viel mehr, als ich drin hatte."

Großes Gelächter – und nun erzählten sie. Die Wirtin stand stolz daneben. Zuerst bekam sie vorwurfsvolle Blicke zugeworfen. Aber dann, als vom Hausknecht und seinem Knüppel die Rede war und von ihrem Anruf bei der Polizei, erntete sie Lob, Anerkennung und Dank.

Und der alte Hubert? Auch er wurde herbeigeholt. Sie wollten sich doch bei ihm bedanken, die Mädchen und die Lehrerinnen. Fräulein Vogel nahm alles Geld, das ihr zuviel in die Tasche gerollt war, legte noch extra einen Schein hinzu und gab es ihm.

„Das haben Sie sich ehrlich verdient", sagte sie.

Als sie sich danach bei den vier Mädchen bedankte, sagte Gisela: „Wir mußten Ihnen doch beweisen, daß die Fünfte mehr kann als andere verpetzen."

Wir nähen unsere Dirndl selber

„In diesem Jahr sollt ihr eigentlich noch etwas zum Anziehen für euch selber nähen", sagte Fräulein Heil in der Handarbeitsstunde der vierten Klasse. „Eine Bluse oder eine Kittelschürze vielleicht ... Überlegt einmal, was ihr am liebsten arbeiten möchtet, und sagt mir dann Bescheid."

„Müssen wir den Stoff selber kaufen?" erkundigte sich Katrin, die immer knapp bei Kasse war. Sie wurde von ihrer Tante, die für sie bezahlte, nur gerade mit dem nötigsten Geld versorgt.

Fräulein Heil beruhigte sie: „Wenn du nicht gerade ein Abendkleid aus Seidenbrokat nähen willst, stiftet dir die Schule den Stoff. Nur bei ausgefallenen und kostspieligen Wünschen müßt ihr selber zahlen."

Katrin war nicht die einzige, die bei dieser Auskunft erleichtert aufatmete. Ein paar andere hatten ebenfalls schon überlegt, ob ihr Taschengeld noch ausreichen würde.

„Überlegt also und gebt mir morgen Bescheid", sagte Fräulein Heil am Ende der Stunde.

Es war ein grauer, hoffnungsloser Regentag, und die Vierte saß während der Freizeit vollzählig im Gemeinschaftsraum. Einige schmökerten, andere strickten oder schrieben Briefe. Der Radioapparat spielte, und es war eigentlich ganz gemütlich. Trotzdem gähnten ein paar und maulten: „Gräßlich langweilig ist es heute. Was kann man nur untenehmen?"

„Ich weiß etwas", sagte Hilda, als wieder eine stöhnte. „Wir können gemeinsam überlegen, was wir nähen wollen."

„Gemeinsam? Meinst du, daß wir alle das gleiche arbeiten sollen?"

„Eine Uniformbluse", spottete Jenni, die immer eine bissige Antwort bereit hatte.

„So nicht gerade", wehrte Hilda Jennis Spott ab. „Aber wir können tatsächlich etwas Gleiches nähen – gleiche Blusen oder sogar gleiche Kleider."

Die Mädchen horchten auf. Nanni und Suse und Katrin hatten ihre Bücher beiseite gelegt, obwohl jede gerade an einer besonders spannenden Stelle angekommen war.

„Ein Klassenkleid also", rief Hanni, „du, das ist ein großartiger Einfall, Hilda", und die anderen stimmten ihr zu.

Die lahme Stimmung war im Nu verflogen. Sie hatten wieder etwas zu planen.

„Ein Dirndlkleid", rief Katrin, „und alle aus dem gleichen Stoff."

„Katrin hat recht", sagte Bobby. „Ein Dirndlkleid kann man immer gebrauchen."

„Außerdem ist es wahrscheinlich einfach zu nähen", überlegte Hanni, der allzuviel Handarbeit ein Greuel war. „Den Stoff suchen wir uns aber selber aus."

„Wer fährt in die Stadt und kauft ein?" fragte Doris.

„Wir alle!" riefen ein paar. „Dann kann sich hinterher niemand beklagen."

„Und zum Schluß gehen wir ins Café“, meinten ein paar Schleckermäuler.

Fräulein Heil war am anderen Morgen mit dem Plan einverstanden. Sie konnten einkaufen.

Am Nachmittag rüstete sich die Klasse zur Fahrt in die Stadt. „Was ist bloß in euch gefahren?“ fragte die Hausmutter mißtrauisch, als immer mehr Mädchen aus der Vierten sich abmeldeten. „Sechs waren schon hier und sagten, daß sie zur Stadt fahren wollen. Ihr nun auch? Was wollt ihr denn alle dort?“

„Einkaufen ...“, und da kamen schon die nächsten: „Hausmutter, wir möchten heute während der Freizeit in die Stadt radeln.“

Sie schüttelte den Kopf, aber sie hatte keinen vernünftigen Grund, ihnen die Erlaubnis zu verweigern. Draußen warteten die anderen, und geschlossen fuhr die Vierte unter lustigem Geklingel ab.

Es gab nur ein einziges großes Stoffgeschäft. Das gehörte der alten Frau Huber. Frau Huber kannte die Lindenhof-Mädchen recht gut. Aber heute fuhr ihr doch ein gewaltiger Schreck in die Knochen. Immer mehr Mädchen drängten sich in ihren engen schmalen Laden, in dem bunt und wirr alles herumlag, was es zu kaufen gab: große Strümpfe, Unterwäsche, fertige Blusen und Röcke, Spitzen, Schnittmuster, Knöpfe, Nadeln, Taschentücher – von allem lagen Proben auf den Ladentischen. Es blieb für jeden Käufer immer ein Geheimnis, wie die alte Dame sich in dem Durcheinander zurechtfand.

Ein Lehrmädchen gab es auch, aber das war – so hieß das allgemeine Urteil, eine „lahme Ente“. Wenn die anfing aufzuräumen (was sie ja eigentlich tun sollte), dann erschienen neue Kunden, bevor sie nur die Hälfte von den Tischen weggebracht hatte, und die Berge auf dem Tisch wuchsen. Diese Hermi stand mit offenem Mund neben ihrer Chefin, als die Vierte den Laden förmlich überrannte.

„Bitte, wir suchen Stoff für Dirndlkleider“, begann Hilda höflich.

„Wieviel braucht ihr denn?“ fragte die alte Frau zaghaft.

„Drei Meter pro Kleid, aber für jede von uns ein Kleid und alle aus dem gleichen Stoff.“

„Du liebe Zeit – soviel habe ich bestimmt nicht vorrätig.“

„Und wie lange dauert es, wenn Sie uns einen Stoff besorgen, den wir uns vorher aussuchen?“

„Das schaffe ich in vier, fünf Tagen.“

Ein enttäuschter Seufzer war die Antwort. „Können wir wenigstens ein paar Muster sehen?“ fragte eine.

„Freilich“, sagte Frau Huber. „Hermi, hole diese Ballen dort herunter.“

Umständlich kletterte Hermi, die Langweilige, auf eine kleine Treppe und legte drei Ballen auf den Tisch.

„Die anderen auch!“

„Was? Noch mehr?“ fragte Hermi entsetzt.

„Freilich, zeige alles, was wir an Dirndlstoffen haben.“

„Das sind aber mindestens zehn Stück.“

„Dann bringst du eben zehn Stück herunter!“ Kopfschüttelnd stieg Hermi wieder auf ihr Treppchen.

Nanni ging hin: „Reich mir die Ballen zu, dann geht es schneller.“

„Los, los, beeil dich!“ rief ihre Chefin, als Nanni den Ballen längst abgelegt hatte und auf den nächsten wartete. Brummelnd zog Hermi den nächsten heraus.

Da öffnete sich die Tür, und ein Herr erschien. Verwundert musterte er das Gedränge und spähte nach der Chefin aus. „Hallo, Frau Huber, was ist denn bei Ihnen los?“

„Ach, Herr Schuster, Sie kommen mir wie gerufen." Es war ein Vertreter, das merkten die Mädchen bald. „Ich brauche schnell eine größere Stoffmenge für diese jungen Mädchen. Sie können mir gewiß helfen."

„Hoffentlich! Was wünschen die jungen Damen denn?"

Die kicherten. Aber sie sagten nichts vom Dirndelstoff, sondern Hanni flötete zum Erstaunen der anderen: „Ein Theaterkleid hätte ich gern ..."

„... und ich ein Kostüm für meine nächste Weltreise", rief Jenni.

„... und ich ein Abendkleid aus Seidenbrokat", krähte Katrin, die an Fräulein Heils Bemerkung dachte.

Die alte Dame ging sofort auf den Spaß ein: „So viele ausgefallene Wünsche – sehen Sie, Herr Schuster, wie soll ich das schaffen?"

Hermi stand, einen Ballen in der Hand, den Nanni ihr noch nicht abgenommen hatte, und mit offenem Mund auf ihrer Treppe. Waren die alle verrückt geworden?

Da fing Doris an, eine Schau abzuziehen. Sie ergriff das lange lose Ende vom goldfarbenem Gardinenstoff (den Hermi längst hätte zusammenlegen und wegräumen müssen) und drapierte ihn malerisch über eine Schulter. „So denke ich mir das Gewand (sie sagte wirklich: Gewand) für mein erstes öffentliches Auftreten", und sie drehte sich nach allen Seiten und schwenkte den freien Arm dramatisch wie eine Schauspielerin aus Großmutters Zeiten. „Und du, Andrea Harrach, du brauchst für den Spitzentanz ein besonders luftiges Gewebe, nicht wahr?"

„Richtig!" Andrea schlug sich vor den Kopf. „Meinen Tanzabend hätte ich fast vergessen."

Den Namen Harrach schien der Vertreter zu kennen. Schließlich war Andreas Schwester Bettina schon eine bekannte Tänzerin. Verwirrt sah er sich um. Steckte hinter dem Unsinn doch ein bißchen Ernst?

Frau Huber lachte herzlich. Aber dann raffte sie sich auf. „Kinder, wir dürfen Herrn Schuster nicht zu lange aufhalten. Er muß sicher bald weiter."

Der Vertreter lachte ebenfalls. „Mal etwas anderes", sagte er. „Die jungen Damen sind begabte Schauspielerinnen. Um was geht es nun wirklich?"

Sie berichteten ihm und sahen dabei die Stoffe durch, die vor ihnen auf dem Tisch lagen. Er hatte selber auch noch ein Musterbuch dabei, und darin fanden sie ein Halbleinen, das allen gefiel und sicher zu blonden wie zu dunklen Haaren paßte. Die Grundfarbe war ein kräftiges Moosgrün mit einem hübschen weißen Muster darauf.

„Sehr gut gewählt", lobte Herr Schuster. „Das ist ein echter Handdruck." Er versprach, die nötige Menge schon in drei Tagen zu liefern. „Ist es recht, wenn ich die Sachen gleich ins Internat liefere?" fragte er. „Die Rechnung geht natürlich über Frau Huber."

„Oh, das ist furchtbar nett von Ihnen. Vielen Dank!"

„Und nun Schürzenstoff", erinnerte Hilda. „Die Schürzen können wir fertig haben, bis der Stoff da ist."

„Garn und Knöpfe braucht ihr auch."

„Ja, Frau Huber, das nehmen wir alles gleich mit."

Mit lautem Hallo verabschiedeten sie sich von der alten Dame und riefen auch dem Vertreter noch einen Gruß und ein Dankeschön zu.

Als es im Laden wieder still wurde, sank Frau Huber auf einen Schemel und wischte sich lachend den Schweiß von der Stirn.

„Schlimm, solch Überfall!" sagte das Lehrmädchen mitleidig.

Aber da fuhr ihre Chefin auf: „Du hast es nötig! Nimm dir lieber ein Beispiel an den frischen Mädchen. Die sind nicht halb so transusig wie du. Räume jetzt endlich auf. Und ein bißchen plötzlich!"

Beleidigt machte sich Hermi an die Arbeit, und Frau Huber besprach mit dem Vertreter neue Bestellungen.

Jede aus der Vierten wäre am liebsten noch am gleichen Abend an die Arbeit gegangen. Doch sie mußten die Handarbeitsstunde abwarten. Dann schnitten sie die Schürzen zu, steckten die Fältchen ab und zogen Fäden für den Hohlsaum. Anschließend lernten sie, den Grundschnitt für jede passend einzurichten.

Pünktlich gab Herr Schuster am dritten Tag eine gewaltige Stoffrolle in Lindenhof ab.

„Eine Überraschung", rief Hilda, die auf allgemeinen Wunsch hin den Ballen aufschnürte, und sie beförderte einige Pralinenpackungen zutage. „Guten Appetit und gutes Gelingen den tüchtigen Schneiderinnen!" stand dabei. „Hoffentlich reicht alles!"

Der Stoff reichte jedenfalls. Pralinen hätten es ruhig mehr sein können!

Beim Zuschneiden gab es viele Aufregungen. Einmal lag das Muster verkehrt, dann war der Schnitt nicht fadengerade angelegt. Endlich hatte jede ihre Stoffteile beisammen, und sie durften alles zusammenheften.

Und dann das Anprobieren! „Du kitzelst mich ja", rief Suse, als Hilda ihr das Kleid übergezogen hatte und richtig abstecken wollte.

„Au, du hast mich gestochen", jammerte Andrea.

Jede hatte etwas zu klagen. „Immerhin", tröstete Bobby, „sieht man doch schon, was es werden soll."

Elli stellte sich besonders dämlich an, fanden ihre Kusinen, und sie machten ihr ernste Vorwürfe. Doch sonderbar: Carlotta, der Ellis Ziererei oft ein Greuel war und die selber viel lieber turnte oder ritt, als daß sie stichelte – ausgerechnet Carlotta nahm Elli in Schutz. „Ich finde, Zwillinge, ihr habt es wirklich nicht nötig, Elli zu schelten. Ihr seid im Nähen wahrhaftig keine Helden." Da wurden die Schwestern rot und versuchten von da an, Elli zu helfen.

Elli aber sagte ärgerlich: „Bei einem Dirndl kommt es doch gar nicht auf tadellosen Sitz an." Sie rümpfte die Nase. „Wenn es nach mir gegangen wäre, hätten wir etwas Schikkeres ausgewählt."

„Warum sagst du das erst jetzt?" fragte Jenni spitz. „Du hättest dir doch wahrhaftig ein Abendkleid nähen können."

Elli zuckte mit den Schultern. „Ich werde mich doch nicht ausschließen."

„Finde ich auch", meinte Suse. „Außerdem sind Dirndl heutzutage doch schick. Seht euch bloß die Illustrierten an, wie oft vornehme Damen im Dirndl erscheinen."

„Na, wenn Suse das sagt", spottete Jenni weiter, „dann stimmt es. In vornehmen Kreisen kennt sie sich aus." Suse wurde rot. Jenni konnte es nicht lassen, die Schwächen ihrer Mitschülerinnen ans Licht zu zerren. Und daß Suse sich von jeher bemühte, recht vornehm zu tun, das wußten alle. Aber Jennis spitze Zunge verletzte gar zu leicht.

„Laß dich nicht ärgern, Suse", sagte Nanni gutmütig. „Es ist ein Segen, daß wenigstens eine von uns sich um solche Dinge kümmert."

„Und du hast vollkommen recht", setzte Hilda hinzu. „Dirndl werden heute sogar bei allen möglichen feierlichen Gelegenheiten getragen. Natürlich sind sie dann viel kostbarer als unsere."

Getrennt mußte oft genug werden. Doris stellte sich die Nähmaschine vorsorglich auf große Stiche ein, und sie tat gut daran: das rechte Vorderteil hatte sie plötzlich an die linke Rückenseite genäht, und die Ärmel verwechselte sie auch. Da tat sie sich beim Trennen leichter!

Viel Spaß hatten die Mädchen mit Katrin. Die war recht mollig. Aber sie fand, daß ihr Schnitt allzuweit geraten war. Und beim Anprobieren meckerte sie: „Das hängt ja alles um mich herum. Steckt den oberen Teil enger ab. Ihr tut ja gerade so, als wäre ich furchtbar dick."

„Na, eine Tanne bist du nicht."

„Eher eine Tonne", grinste Doris, „ein Tönnchen."

Katrin war jedoch nicht zu belehren, auch nicht durch Fräulein Heil. Deshalb saß ihr Kleid zum Schluß so prall, als sei sie schon vor einem Jahr herausgewachsen.

„Des Menschen Wille ist sein Himmelreich", meinte die Lehrerin schließlich nachgebend. „Ich rate dir bloß eins, Katrin, laß genügend breite Nähte an den Seiten. Vielleicht möchtest du später ein bißchen herauslassen."

Katrin entdeckte natürlich, daß ihr Kleid nicht so hübsch saß wie die anderen. Aber sie sagte nichts. Doch in den Ferien besah sich ihre Tante den Schaden. Sie brachten das Kleid zur Schneiderin, und siehe da: Plötzlich stand Katrin das Dirndl viel besser!

„Wißt ihr was?" meinte Andrea eines Tages. „Wenn am Schulschluß das große Fest ist, von dem ihr erzählt, dann sollten wir in Dirndlkleidern einen Tanz vorführen."

Das war ein guter Gedanke, und von da ab gaben sie sich ganz besondere Mühe, die Kleider sorgfältig und passend zu nähen. Als endlich alle fertig waren, erschien die Vierte an einem Sonntagmorgen zum Frühstück in den neuen Kleidern – viel bewundert und sogar ein bißchen beneidet.

Auf der Suche nach kleinen Ausreißern

Die zweite Begegnung mit den Forsteleven fiel in den Juni – auf einen ganz besonders schlimmen Regentag. Hanni und Nanni waren vom Wetter nicht so leicht kleinzukriegen. Sie steckten die Nasen sogar hinaus, wenn es „Spitzbuben regnete". Unmittelbar an der Haustür stießen sie auf die Eleven.

„Hab ich's nicht gesagt: es regnet Spitzbuben!" rief Hanni übermütig. „Nichts zu machen, meine Herren, wir geben nichts."

Die beiden lachten, wurden aber gleich drauf wieder ernst. „Wir sind heute dienstlich hier, wir suchen zwei kleine Mädchen."

„Dann kommen Sie bitte ins Haus, wir sagen der Direktorin Bescheid."

Es stellte sich folgendes heraus: Am Ende des Dorfes auf einer Anhöhe, ein paar Schritte vom letzten Haus entfernt, wohnte in einer hübschen kleinen Villa die Familie Börsch. Das Haus stand in einem großen Garten mit hohen Bäumen und vielem Gebüsch, mit Lauben, Grotten und wunderlichen altmodischen Anlagen.

Herr Börsch war viel auf Reisen, genau wie sein Sohn, der mit seiner Familie bei ihm wohnte. Die junge Frau fuhr täglich zur Stadt und arbeitete dort in einem Büro. Ihre beiden kleinen Mädchen, fünf und sechs Jahre alt, blieben dann bei der Großmutter. Sie hatten ein herrliches Leben. Der Park mit seinen Verstecken war zum Spielen wunderbar geeignet. In einer Laube hatten sie sich eine richtige kleine Wohnung eingerichtet und verbrachten dort oft viele Stunden. Die Großmutter sah ab und zu nach ihnen. Immer fand sie ihre Ginni und ihre Hella eifrig beim Spiel. Sie konnten ja auch kaum fort. Eine hohe Mauer umgab das ganze Gehöft. Sie hätten schwerlich darübersteigen können.

Aber an diesem Tag fand die Großmutter sie nirgends. Vor Stunden hatte der Regen eingesetzt, seitdem regnete es in Strömen. Na ja – hatte die alte Dame gedacht – die beiden genießen es, geschützt in ihrer Laube zu sitzen, während es draußen platscht.

Doch zum Mittagessen mußten sie ins Haus kommen. Deshalb nahm sie die beiden kleinen Schirme der Enkelinnen, spannte sich selber ihr großes Regendach auf und wanderte durch den Garten.

Die Laube war leer! Das war ein Schreck. Wo mochten die beiden sich versteckt haben? Sicher waren sie in einen Unterschlupf gekrochen, als der Regen so plötzlich anfing.

Frau Börsch wanderte durch den Garten und suchte alle Höhlen und Grotten ab, die sie kannte. Dabei rief sie immer wieder: „Ginni! Hella!“ bis ihre Stimme von der Anstrengung und obendrein von der Aufregung ganz heiser war.

Verzweifelt suchte die Großmutter nach den beiden Mädchen

Niemand meldete sich. „Ich muß die Polizei benachrichtigen", sagte Frau Börsch und lief zum Telefon. Ein paar Minuten später war der Dorfpolizist zur Stelle. Auch er suchte noch einmal alle Stellen im Park ab, die Verstecke sein mochten. Nichts ...

Plötzlich stutzte er. Ganz hinten im Park wuchs dicht an der Mauer ein dicker Baum, der von unten weit verzweigt war. Das sah man nicht gleich, weil gerade hier eine Menge Himbeerstauden wuchsen. Aber zwischen diesen Himbeeren und der Mauer entdeckte der Polizist einen kleinen Schemel und einen Kinderstuhl. Er zeigte dorthin: „Da, Frau Börsch, wenn Ihre Enkelinnen gut klettern, dann sind sie mühelos auf den Baum und von da auf die Mauer gestiegen. Ich fürchte, wir müssen die Ausreißer draußen suchen."

Das war für die Großmutter ein neuer Schreck, aber auch eine neue Hoffnung.

Und nun suchten seit einiger Zeit viele Leute nach Ginni und Hella. Auch das Forstamt war um Hilfe gebeten worden. Deshalb standen Peter und Wolf nun in Lindenhof. „Es ist anzunehmen, daß sich die beiden bei dem Regen irgendwo verkrochen haben", sagten sie, „und wir bitten um die Erlaubnis, in Schuppen und Stallungen nachzusehen."

Das wurde ihnen gern gestattet. Die Hausmutter und die Zwillinge beteiligten sich an der Suche. Ohne Erfolg. Zum Schluß gingen sie hinüber zum Gewächshaus. Gewächshaus ... da blitzte es durch Nannis Gehirn: der Gärtner ... seine Enkelin ... ihre Freundin Eliane Fabbri ... und die Familie Fabbri, die nun bei Holzhausens in Birkenreuth wohnte, aber vorher in der alten Kate im Steinbruch! Sie sah Hanni an. „Die Kate", stieß sie hervor, und Hanni begriff sofort. Beide nahmen ihre Räder und sausten los. Die Eleven blickten ihnen verdutzt nach, rasten dann aber hinterdrein. Die Hausmutter sah den vieren kopfschüttelnd nach.

Ehe es die letzte Strecke zum Steinbruch bergauf ging, verschnauften die Mädchen. So konnten Peter und Wolf sie einholen. Nanni deutete zum Steinbruch: „Da drin steht eine alte Kate, in der mal eine ganze Familie gehaust hat."

Hanni fügte lachend hinzu: „Und in der ich stundenlang gefangen saß, als ich gekidnappt war."

„Gekidnappt – von wem? Von der Familie?"

„Nein, von politischen Agenten."

„Von den Philippinen", ergänzte Nanni den Bericht, der den beiden jungen Männern recht sonderbar klang.

„Das müssen wir hören."

„Später", versprach Hanni, „jetzt erst mal hin!"

Sie öffneten die Fensterläden und sahen in den Raum. Dort lagen friedlich schlummernd die zwei vermißten kleinen Mädchen.

„Hier seid ihr also", rief Peter laut, als er die Tür geöffnet hatte. Ginni und Hella fuhren erschrocken aus dem Schlaf hoch. Als sie die jungen Förster in ihren Uniformen sahen, erschraken sie furchtbar. „Sind Sie ...", fragte die eine, „sind Sie von der Polizei?"

„Da erschreckt ihr Ausreißer, was?" fragte Peter. „Wie kommt ihr denn hierher? Eure Großmutter ist halbtot aus Angst um euch."

Unter Stottern und Weinen kam es nun heraus: „Unsere Mutter erzählt oft von Leuten, die eine Zweitwohnung auf dem Dorf haben. Da haben wir gedacht, wir wollen auch eine Zweitwohnung. Wir sind oft über die Mauer geklettert und haben eine gesucht. Da haben wir dieses kleine Haus gefunden. Wir haben uns die Kissen hergebracht und eine Bank und einen Tisch gebaut."

Das waren ein paar Bretter, die sie über Steine gelegt hatten. Es waren wirklich Kissen da, und auf dem Tisch lag sogar ein Tuch.

„Und hier seid ihr schon oft gewesen?" fragte Hanni.

„Hat denn niemand etwas gemerkt?"

„Nein, wir sind immer bald wieder zurückgegangen. Und ehe wir weggingen, haben wir der Großmutter noch einmal schnell etwas erzählt, damit sie uns sah."

So raffinierte kleine Kröten! „Die fangen beizeiten an, ihre lieben Mitmenschen zu beschwindeln", sagte Peter. „Ich radle jetzt zu der alten Dame und sage dann der Polizei Bescheid."

Die anderen drei fragten die Mädchen weiter: „Und heute? Warum seid ihr nicht zeitig zurückgegangen?"

„Es regnete mit einemmal so arg. Da wollten wir warten, bis es wieder aufhörte. Und da sind wir eingeschlafen."

„Nun kommt also!" Die Zwillinge zogen ihre eigenen Anoraks aus und wickelten die Kinder hinein. Beide wurden auf die Gepäckträger gesetzt. „Haltet euch ja ordentlich fest, daß ihr nicht fällt." Wolf fuhr hinterher.

Großmutter Börsch kam ihnen schon auf der Dorfstraße entgegen. Ginni und Hella winkten von weitem und waren vergnügt, als ob gar nichts gewesen sei. Die alte Dame kam nicht zum Schelten. Sie nahm ihre wiedergefundenen Enkelkinder fest an die Hand. Beinahe vergaß sie, den Zwillingen zu danken, die sich die Anoraks über die nassen Sachen zogen und eilig davonradelten.

Welches Strafgericht freilich nach Mutters Heimkehr aus der Stadt den beiden Ausreißern blühte, davon erfuhr draußen niemand etwas. Es wirkte aber so gründlich, daß den Kindern jede Lust auf eine „Zweitwohnung" und ähnliche Scherze ein für allemal gründlich verging.

Vera, das Sorgenkind der Klasse

„Man lernt doch nie aus!“ rief Bobby eines Tages. Sie war restlos verblüfft, was Nanni da von einer Kameradin, von Vera Johns, berichtete. Vera gehörte von Anfang an zur Klasse, allerdings nicht zu dem Kreis um Hanni und Nanni. Vera war keine besonders gute und auch keine besonders schlechte Schülerin. Sie war einfacher Durchschnitt. Eine richtige Freundin hatte sie nicht, wenigstens nicht in der Vierten. Nur mit Suse war sie öfter zusammen, meistens aber mit zwei Mädchen aus der Fünften: mit Dot und deren Freundin Rena. Dot stammte aus ihrem Heimatort.

Aber Vera stand sich gut mit den meisten, hatte auch alle Streiche mitgemacht und benahm sich immer kameradschaftlich. Alle waren daran gewöhnt, daß Vera in ihrer Freizeit mit Dot und Rena zusammensteckte.

Und das war plötzlich aus! Vera war plötzlich allein, mißmutig und traurig. Ein paar Tage lang achtete niemand darauf. Dann fragte Nanni einmal: „Wo steckt Dot eigentlich, Vera? Ich sehe euch nie mehr zusammen.“

„Ach“, Vera zögerte, wollte sich erst abwenden, sagte dann aber plötzlich: „Dot hintergeht mich.“

„Was tut sie?“

„Sie hintergeht mich.“

„Das mußt du mir näher erklären.“

„Weißt du“, sagte Vera, „ich habe ihr restlos vertraut. Was immer mir passierte, habe ich ihr berichtet. Von den Briefen meiner Eltern habe ich ihr erzählt, schon weil sie ja aus der gleichen Stadt stammt und die meisten Leute dort kennt. Von meinen Paketen habe ich ihr abgegeben . . ."

„Und sie dir nicht von ihren eigenen?"

„Doch, das hat sie auch getan."

„Und woher weißt du, daß sie dich hintergeht – wie du es ausdrückst?"

„Ich habe sie beobachtet. Sie steckt nicht bloß dauernd mit Rena zusammen, sondern sie geht auch mit anderen aus der Fünften eingehakt und tuschelt mit ihnen. Wahrscheinlich tuscheln sie auch über mich."

„Du bist eifersüchtig, meine liebe Vera", stellte Nanni trocken fest. „Du willst, daß Dot nur für dich da ist. Das scheint mir aber ein bißchen viel verlangt zu sein."

„Nein, ich weiß, daß sie mir gegenüber unehrlich ist. Ich habe es sogar schwarz auf weiß."

„Nanu?" Nanni wurde neugierig.

Als Hanni ihr zurief: „Wo steckst du eigentlich, Nanni? Komm doch endlich!" winkte sie ab. Hanni kam hinzu. Was hatte Nanni so Wichtiges mit Vera zu besprechen?

„Sieh mal", sagte Vera unterdessen und holte ein zerknittertes Blatt aus der Tasche, „hier kannst du es selber lesen."

Es war das Horoskop, das eine Woche zuvor in einer Illustrierten gestanden hatte: „Sie vertrauen Ihrer Umgebung zuviel. Gerade Ihre angeblich besten Freunde hintergehen Sie. Ziehen Sie sich beizeiten zurück, damit Sie nicht ausgenützt werden."

„Na und?" fragte Nanni. „Glaubst du diesen Unsinn?"

„Es ist kein Unsinn", antwortete Vera eigensinnig. „Als ich das las, wußte ich, weshalb Dot am Tag vorher nicht zu unserer Verabredung gekommen war. Sie hatte natürlich eine Ausrede. Ihre Klasse hatte eine gemeinsame Besprechung gehabt. Aber warum kam sie dann nicht hinterher?"

„Bist du denn zu Hause geblieben?“

„Nein, ich habe eine Viertelstunde gewartet, dann bin ich mit Suse einkaufen gegangen.“

„Aha!“

„Nichts aha! Als wir zurückkamen, sahen wir Dot und Rena zum Wald radeln, wir hörten sie lachen.“

„Und seitdem hast du Dot kaltgestellt?“

„Ich habe mich zurückgezogen, wie das Horoskop rät. Dot ist noch zweimal gekommen, um mich abzuholen. Aber ich habe getan, als wäre ich sehr beschäftigt.“

Hanni, die sich inzwischen alles zusammengereimt hatte, grinste. „Jetzt möchte ich bloß hören, wie Dot diese Geschichte erzählt. Wahrscheinlich hält sie dich für übergeschnappt.“

„Bitte sag ihr nichts“, flehte Vera. „Dot soll nicht glauben, daß ich ihr nachtrauere.“

„Dazu hast du auch keinen Grund“, meinte Hanni, „denn eine Freundschaft ist das nicht, die durch solch dummes Horoskop flötengeht.“

Sie beobachteten die gewesenen Freundinnen ein wenig, doch sie kümmerten sich nicht weiter darum. Einmal aber erzählten sie Bobby, Hilda und Doris davon. Die lachten und schüttelten den Kopf.

Aber dann sagte Doris: „Etwas Wahres ist meistens doch dran.“

Erstaunt drehten sich die anderen zu ihr um. „Etwas Wahres? Sag mal: Glaubst du vielleicht auch solch dummes Zeug?“

„Warum nicht? Habt ihr schon einmal drauf geachtet, was euch prophezeit ist und was tatsächlich geschieht? Bei mir stand zum Beispiel vorige Woche: Ihre Pechsträhne ist auch mit großem Fleiß kaum zu überwinden. Sie müssen in diesen Tagen einen Mißerfolg in Kauf nehmen. Und was gab es? Eine Fünf in der französischen Arbeit."

Nun lachten die anderen aber hellauf. „Sonst ist dir das noch nie passiert, wie?"

Das allgemeine Gelächter steckte Doris an. „Ihr habt recht. Bei Mamsell habe ich eigentlich immer Pech."

Und Bobby wiederholte, was sie schon zu dem Bericht über Veras Nöte gesagt hatte: „Man lernt doch nie aus. Dir hätte ich nicht zugetraut, daß du überhaupt so denken kannst, Doris."

„Am besten ist es, man glaubt an alles Gute, das einem verheißen wird", sagte Petra, die inzwischen hinzugekommen war und ihrer Freundin Doris beistehen wollte. „An das Schlimme glaubt man einfach nicht."

Die anderen lachten wieder. „Ein großartiges Rezept, Petra", rief Hanni. „Daran werde ich mich halten."

Hilda meinte jedoch: „Mir tut Vera leid, weil sie sich so in diese Dummheit verrannt hat. Sie ist nun schon tagelang sehr bekümmert. Können wir ihr nicht helfen?" Doch was sollten sie tun? Hilda entschloß sich, mit Dot zu reden.

Die hörte sich ihre Erklärung wegen Veras Verhalten an und schien erleichtert. „Ich habe schon gefürchtet, daß ich etwas Dummes gemacht hätte. Ich weiß ja, wie empfindlich Vera ist. Aber mit dem Horoskop, daran bin ich selber schuld. Ich habe ihr erzählt, daß meine Kusine sich fest danach richtet und daß sie noch nie hereingefallen ist. Jetzt tut mir das leid."

„Sag mal", fragte Hilda, „seid ihr wirklich und ehrlich befreundet?"

„Aber ja", antwortete Dot, „wir haben schon in der Sandkiste zusammen gebuddelt und haben uns stets gut verstanden. Deshalb tut es mir ja auch sehr leid."

„Na, da muß sich doch alles wieder in Ordnung bringen lassen." Und sie überlegte mit den Freundinnen.

„Lösen Sie nicht vorschnell alte Bindungen. Vertrauen ist schnell zerstört, geben Sie es nicht leichtsinnig preis ..." So hochtrabend faßten sie abends vor dem Schlafengehen ein neues Horoskop ab: Hilda, Corni und die Zwillinge. Wie aber sollten sie es Vera glaubwürdig präsentieren?

Corni wußte Rat. „Ich kenne einen Setzer, der bei unserem Käsblatt, bei den ‚Stadtnachrichten', arbeitet. Er kommt öfter zu uns, weil mein Vater ja die amtlichen Mitteilungen durchsehen muß. Der druckt es uns vielleicht."

Corni erreichte das tatsächlich. Sie fuhr in die Stadt, fragte in der Druckerei nach Herrn Willernei und gab ihm den Zettel. „Es soll ein Spaß sein", erklärte sie ihm.

„Mach ich, Fräulein Corni", versprach er ihr. Sie gefiel ihm. „Wenn Sie ein bißchen Zeit haben – in einer Viertelstunde können Sie den Abzug mitnehmen."

Lachend brachte Corni den Freundinnen den Zettel. Er hatte richtig Tierkreiszeichen und Datum – Krebs (27. 6. bis 21. 7.) darübergestellt und den Text abgedruckt.

Vera fand den Zettel abends an ihrem Platz im Speisesaal. Sie merkte nicht, daß die anderen sie beobachteten. Eifrig las sie und schob den Zettel dann in ihr Täschchen. Sie schielte zu Dot hinüber, die am Nebentisch saß.

Auf welche Weise die beiden Freundinnen wieder zusammenkamen, konnte niemand beobachten. Wahrscheinlich hatte Vera sich einen kräftigen Ruck gegeben und war zu Dot gegangen. Und Dot hatte es ihr gewiß nicht schwergemacht. Jedenfalls strahlten beide Mädchen am nächsten Tag, und Rena strahlte mit ihnen.

„Der Glaube macht selig", sagte Corni lachend, „und der Aberglaube auch. Hauptsache: er ist hübsch verpackt."

Vera blieb nicht das einzige Sorgenkind für ihre Mitschülerinnen. Viel plötzlicher und viel schlimmer änderte sich das Leben für Suse. Auch Suse war von Anfang an in der Klasse. Sie war nicht immer beliebt gewesen. Durch eigene Schuld: sie gab furchtbar an mit dem Reichtum ihres Vaters und ihrem großartigen Zuhause. Aber dabei redete sie und führte sich manchmal auf wie ein Mädchen aus einer Gasse, sprach schlecht und verwendete Wörter, daß den anderen grauste. Im Lauf der Jahre war das anders geworden. Das Großtun hatte ihr eine ältere Schülerin abgewöhnt. Sie wußte, daß Suses Eltern erst durch glückliche Umstände ihren Reichtum gewonnen und sich ihr Leben danach eingerichtet hatten. Deshalb hatten sie ihre Tochter auch in eine angesehene Schule geschickt. Dort hatte Suse im Unterricht und auch durch den Umgang mit den übrigen Mädchen in Lindenhof gelernt, sich vernünftig auszudrücken und gut zu sprechen. Sie unterschied sich nicht mehr von den Mädchen in ihrer Klasse. Wenn sie wieder einmal in die alte Vornehmtuerei hineingeriet, dann brachten die anderen sie durch Spott schnell wieder zur Vernunft. Eigentlich mochten die Mädchen aus der Vierten Suse nun recht gern. Deshalb fiel ihnen bald auf, daß sie mit einemmal bedrückt war. Ein paarmal schien sie sogar geweint zu haben. Was war da los?

Hilda fühlte sich als Klassensprecherin verantwortlich, wenn eine Mitschülerin Schwierigkeiten hatte. Deshalb nahm sie Suse beiseite und fragte sie geradezu: „Bei dir stimmt etwas nicht. Warum bist du so traurig?“

Als hätte Suse nur auf eine solche Frage gewartet, so purzelten ihr die Tränen übers Gesicht. „Ich muß fort von Lindenhof“, klagte sie. „Meine Eltern können das teure Schulgeld nicht mehr bezahlen.“

Ausgerechnet Suses Eltern, die doch reich waren und Wert auf eine gute Schule für ihre Tochter legten? „Wie kommt das?“ fragte Hilda.

Suse schilderte, was sie aus Briefen der Eltern wußte: Ihr Vater hatte einen Bauernhof gekauft und viel Geld hineingesteckt, um alles modern und schön einzurichten. „Aber er versteht nichts von der Landwirtschaft und mußte sich ganz auf seinen Verwalter verlassen“, berichtete Suse. „Der war anscheinend nicht ehrlich und wirtschaftete in die eigene Tasche.“ Die Mutter verstand natürlich genauso wenig von der Landwirtschaft. Vielleicht war ihr die Arbeit auch nicht fein genug. Jedenfalls hatte sie alles fremden Menschen überlassen. Und nun hat es neulich ein schreckliches Unwetter gegeben. Die ganze Ernte ist vernichtet. Nun kann Vater den Hof nicht halten und hat den Konkurs angemeldet“, erzählte Suse weiter.

„Aber er ist doch gewiß versichert?“ fragte Hilda, deren Vater eine große Gärtnerei besaß und dem auch schon einmal das Wetter viel Schaden zugefügt hatte.

„Eben nicht!“ antwortete Suse und fing wieder zu weinen an. „Der Verwalter hat das Geld nicht eingezahlt. Vater bekommt also nichts. Der Verwalter ist längst über alle Berge.“ Das war freilich bitter. „Mein Vater möchte ja den Hof am liebsten halten. Die Landwirtschaft fing gerade an, ihm Freude zu machen. Vielleicht braucht er nur einen Teil des Landes zu verkaufen. Er ist fleißig. Und sicherlich hat er auch schon viel gelernt. Aber meine Mutter will nicht. Ihr paßt es nicht, daß sie sich dann um den Milch- und Eierverkauf kümmern soll. Ich glaube, meine Eltern streiten sich jetzt ständig. Wenn ich nach Hause komme, wird es gewiß schrecklich. So gern möchte ich meinem Vater helfen. Aber wie kann ich das?“

Es schien Hilda eine ganz neue Suse zu sein, die ihr das erzählte. Niemals hätte sie ihr solche Gedanken zugetraut. Sie sprach mit den anderen darüber. Die wußten zunächst auch keinen Rat. Dann fragte Jenni – ausgerechnet Jenni, die Suse gern verspottete und garstig zu ihr war: „Ob wir Fräulein Theobald nicht bitten können, daß Suse bis zu den Ferien hierbleiben darf? Vielleicht bezahlen unsere Eltern einen Teil des Schulgeldes."

„Das versuchen wir gleich morgen früh", sagten ein paar.

Die praktische Petra hatte noch einen Vorschlag: „Wenn wir nun in den Ferien hinfahren und bei der Ernte helfen?"

„Ja, und wenn Suses Mutter merkt, daß wir die Arbeit schaffen und sogar Spaß daran haben, faßt sie vielleicht auch mit zu." Ein paar Mädchen waren sofort mit dem Plan einverstanden. Es würde sicherlich klappen.

Fräulein Theobald hatte schon einen Brief von Suses Vater erhalten. Sie war erstaunt, daß die Klasse sich für Suse einsetzte. „Eigentlich dachte ich, sie wäre den meisten von euch gleichgültig", sagte sie zu Hilda. „Aber es freut mich, daß ihr so gut zusammenhaltet. Deshalb will ich euch gern helfen. Für ein Stipendium reichen Suses Leistungen nicht aus – leider. Doch ich werde mit dem Landrat sprechen. Er hat mir ja Hilfe zugesagt, wenn sie nötig ist. Euren Ferienplan finde ich großartig. Auch wenn ihr nicht gewaltig viel schaffen könnt, so macht ihr Suse doch Mut. Vielleicht findet ihr Vater inzwischen einen Weg, aus der schlimmsten Not herauszukommen."

Als Suse hörte, was die Klasse unternommen hatte, weinte sie wieder, diesmal nicht vor Kummer, sondern vor Rührung. „Oh, ich werde in den Ferien tüchtig zupacken", versprach sie, „und ihr werdet sehen, ich kann meinem Vater eines Tages helfen."

Tatsächlich begann für Suse nun ein neues Leben. Sie fuhr schon am nächsten Wochenende heim und kam ganz gefaßt wieder. „Vater sagt, er wird wohl einen Bankkredit bekommen. Unser großes Haus will er verkaufen. Dann hat er schon etwas Luft. Er hat sogar einen jungen Mann gefunden, einen Bauernsohn, der eine Stellung sucht. Der hilft ihm fürs erste. Ich brauche also nicht fortzugehen von Lindenhof, wenn Fräulein Theobald mir etwas vom Schulgeld nachläßt. Aber in den Ferien werde ich von früh bis spät schuften. Wenn ein paar von euch kommen wollen, ist das sehr schön. Aber opfern sollt ihr eure Ferien nicht. Wir schaffen es schon. Nur wegen meiner Mutter wäre es großartig. Sie kann sich noch gar nicht damit abfinden, daß sie plötzlich nicht mehr viel Geld hat und selber wieder arbeiten soll."

„Jaja", meinte Bobby zu Jenni. „Wir sind das reinste Fürsorge-Unternehmen. Einmal kümmern wir uns um geistig minderbemittelte Horoskop-Gläubige, das andere Mal um einen ganzen Familienbetrieb mit seinen Sorgen. Wer wird unser nächstes Sorgenkind sein?"

Es war Mamsell . . .

Mamsell ist in der Klemme

„Schade", hatte Mamsell gesagt, als Babs Kröger aus der Fünften wegging. Denn Babs stand auch in Französisch auf eins und sprach so, als sei sie im schönen Frankreich aufgewachsen. Mamsell war immer schon scharf auf so gute Schülerinnen gewesen und nahm jedes Versagen in ihrem Fach beinahe als persönliche Beleidigung. Aber in der neuesten Zeit war das noch schlimmer geworden. Nur etwas fiel den Mädchen auf: Sie schalt nicht mehr. „Abominable – fürchterlich“, hatte sie oft geschrien und die Hände gerungen, wobei sie die Arme wild durch die Luft warf. Das tat sie nun längst nicht mehr. Wohl rang sie manchmal noch die Hände, wenn Elli einen Satz völlig falsch übersetzte oder Doris die Verben der zweiten und der vierten Konjugation wieder einmal verwechselte

Doch sie schüttelte dazu nur stumm den Kopf und verbesserte, was falsch war.

„Das wird ja allmählich unheimlich!“ sagten ihre Schülerinnen, die Mamsells temperamentvolle Ausbrüche immer mit großem Vergnügen angesehen und angehört hatten. Und ausgerechnet die Vierte beschloß, es mit einem dummen Streich zu versuchen, für den die Klasse sich eigentlich zu alt vorkam: Sie streuten Niespulver – von der Tür bis zum Lehrerpult und den kleinen Rest irgendwohin in den Raum.

„Hatschi!“ Mamsell nieste schon an der Tür und bis zum Pult hin mindestens noch viermal. Sie sah die Klasse verwundert an und wühlte nach ihrem Taschentuch. Zwischendurch platzte sie wieder los: „hatschi . . . hatschi!“ Die Klasse hatte zuerst „Gesundheit!“ gerufen oder „Helf Gott!“ Dann fingen auch ein paar von ihnen zu niesen an, und andere kicherten.

Ob Mamsell alles durchschaute? Einen geradezu trostlosen Blick warf sie in die Klasse, raffte ihre Sachen zusammen und verschwand. Auf dem Flur begegnete ihr ausgerechnet Fräulein Jenks, die Klassenlehrerin. Auf ihre erstaunte Frage: „Stimmt etwas nicht?“ bekam sie nur ein Kopfschütteln zur Antwort. Mamsell eilte weiter, ihrem Zimmer zu.

Fräulein Jenks hatte gerade eine Freistunde. Aber auch sonst wäre sie vermutlich der merkwürdigen Sache sofort auf den Grund gegangen. Einen Augenblick lauschte sie an der Tür: kein Gelächter und kein Geschrei war zu hören. Als sie die Tür öffnete, mußte sie zunächst einmal kräftig niesen. Dann betrachtete sie die Gesichter. Darin stand nichts von Übermut oder „... hatschi!“ Fräulein Jenks nieste zum zweitenmal – Schadenfreude. Im Gegenteil: Die Mädchen wirkten ratlos. „Was ist – hatschi! – mit Mamsell los?“ forschte Fräulein Jenks. „Habt ihr sie gekränkt?“

„Das war gewiß nicht unsere Absicht, Fräulein Jenks“, sagte die Klassensprecherin Hilda und nieste zur Bekräftigung fast gleichzeitig mit Fräulein Jenks, die auch schon wieder dran war, und zwei oder drei anderen.

„Ich nehme an, ihr habt Niespulver verstreut“, fuhr die Lehrerin fort, „nachdem wir hier fast im Chor niesen.“

„Im Chor niesen“, jetzt mußten die Mädchen doch lachen. Wenn Fräulein Jenks ihren trockenen Humor gebrauchte, war sie gewiß nicht allzu ärgerlich.

„Fräulein Jenks“, Hilda versuchte eine Erklärung, nachdem sie mit dem Taschentuch den nächsten Niesreiz bezwungen hatte, „wir haben uns schon lange gewundert, was mit Mamsell los ist. Sonst konnte sie so herrlich schelten, wenn eine etwas nicht wußte, und die Diktathefte mit den schlechten Arbeiten flogen über die Bänke. Und genauso konnte sie lachen und vergnügt sein, wenn sich eine Möglichkeit ergab – hatschi – Verzeihung! Aber seit einiger Zeit ist sie wie umgewandelt. Sie lacht nicht, sie schilt nicht, sie schüttelt höchstens einmal den Kopf. Da wollten wir etwas anstellen, um zu sehen, wie das wirkt. Aber sie hat die Klasse einfach verlassen, und sie sah ganz traurig aus. Was ist nur mit ihr?“

Fräulein Jenks schüttelte nun auch den Kopf, aber sie lächelte. „Niespulver als Arznei gegen Depressionen, das habe ich auch noch nicht gehört. Ihr solltet das einmal einer Ärztezeitschrift einschicken. Vielleicht erntet ihr Lob damit." Doch dann wurde sie ernst. „Es rührt mich aber, daß ihr euch Gedanken darüber macht, weshalb Mamsell so verstört ist. Wir haben schon versucht, ihr gut zuzureden, Fräulein Theobald zuallererst. Aber es war umsonst."

„Sie muß doch einen Grund dafür haben?" fragte Hanni.

„Den hat sie auch, obwohl sie von ganz falschen Voraussetzungen ausgeht. Im nächsten Monat kommt ein hoher Herr von der Prüfungskommission. Er will diesmal bei uns die Abschlußprüfungen der letzten Klasse beobachten. An irgendeiner Schule geschieht das immer. Nun hat der Schulrat aber in seinem Brief erwähnt, daß ihn auch die Unterrichtsstunden der ausländischen Kollegen sehr interessieren. Und da glaubt Mamsell, sie soll besonders unter die Lupe genommen werden. Und sie bildet sich ein, daß sie dabei jämmerlich versagen wird."

Die ganze Klasse seufzte tief auf. „Die Ärmste", sagte Bobby und drückte aus, was alle dachten. „Ob wir ihr nicht helfen können?"

„Das könnt ihr bestimmt", antwortete Fräulein Jenks. „Ich will euch keine großen Dinge über fleißige Mitarbeit erzählen. Das wißt ihr selber. Aber ganz handfest: ihr könnt mit ihr reden, ihr versichern, daß ihr sie bestimmt nicht im Stich laßt. Die Schwächsten unter euch müssen büffeln, bis alles sitzt. Dann könnt ihr ein paar Extranummern einüben – nichts Gedrilltes, aber ein paar Erzählungen über irgendwelche Alltagserlebnisse oder Zwiegespräche. Es ist gar nicht gesagt, daß in der Stunde solche Sachen wirklich drankommen. Vielleicht findet ihr hinterdrein: Es war alles für die Katz, weil ihr keinen Eindruck damit machen konntet. Aber wenn ihr diese Punkte mit Mamsell durchsprecht und euch in ihren Stunden besondere Mühe gebt, dann bekommt sie hoffentlich bald wieder Selbstvertrauen."

„Das machen wir!" versicherte die ganze Klasse.

„Ihr könnt übrigens auch anderen Schülerinnen den Tip geben, daß sie sich jetzt besonders anstrengen sollen. Ich denke, Mamsell ist allgemein beliebt, und so wird ihr niemand einen Reinfall gönnen."

„Aber kann es denn wirklich schlimm für sie werden?" fragte Petra.

Fräulein Jenks schüttelte den Kopf. „Davon ist gar keine Rede. Es ist eine geradezu krankhafte Einbildung von ihr."

Die Stunde war fast zu Ende. Fräulein Jenks sah auf die Uhr. „Ganz so vergeblich war eure Niespulver-Aktion also nicht. Auf andere Weise hätte ich kaum mit euch über diese verfahrene Lage geredet. Daß ihr freilich auf diesen albernen Streich verfallen seid, hätte ich nicht für möglich gehalten."

„Uns fiel nichts Besseres ein", seufzte Jenni.

„Na, wenn sogar du das sagst, muß es wohl stimmen", meinte Fräulein Jenks grinsend, denn Jenni war bei den meisten Streichen Anstifterin.

Für Mamsell war es wie ein Wunder, als die Vierte in der folgenden Französischstunde alle möglichen Vorschläge machte, was sie in der nächsten Zeit lernen wollten.

„Vous très chères filles", rief sie, und ihre Augen glänzten verdächtig feucht, „ihr sehr lieben Mädchen wollt das für mich tun? Für eure alte schrullige Mamsell?"

„Ach", meinte Doris treuherzig, „so schrullig sind Sie eigentlich gar nicht", und da ging die allgemeine Rührung in einem gewaltigen Gelächter unter.

Zum erstenmal lachte Mamsell wieder vergnügt mit.

Nun kracht es zwischen den Zwillingen

„Warum gibt es in diesem Sommer kein Sportfest?" fragte Marianne immer wieder. „In den anderen Jahren um diese Zeit war viel mehr los. Handball, Tennis, richtige Turnfeste ... ich weiß gar nicht, warum man davon in diesem Jahr nichts merkt." Sie horchte bei den Sportwartinnen der Schulen in der Nachbarschaft herum. „Überall Stille", sagte sie sehr unzufrieden zu ihrer Freundin Carla, die auch ihre Vertreterin war.

Die anderen Mädchen in Lindenhof waren freilich nicht so sportwütig wie Marianne. Aber sie fanden es auch schade, daß sie sich nirgends in Wettkämpfen mit anderen messen und möglichst auszeichnen sollten. Schließlich tauchte der Vorschlag auf: „Wir veranstalten unser eigenes Sportfest." Warum auch nicht? Es konnte gleich eine Vorübung für das große Schulfest mit Eltern und Bekannten sein.

Nun wurden die Sportwartinnen in allen Klassen lebendig. Die Sechste mit ihren Prüfungsnöten war natürlich ausgenommen. Und die Kleinen ließen sie noch nicht mitreden. Aber die zweite bis fünfte Klasse überlegten, machten Vorschläge, sprachen mit den Sportlehrerinnen und gingen schließlich zur Direktorin.

Das Ergebnis stand bald am Schwarzen Brett:
In zehn Tagen wollen wir Sportkämpfe abhalten: Handball, Tennis und Laufen. Aus jeder Klasse müssen schnell die Teilnehmer genannt werden, damit sie noch tüchtig üben können.

Die meisten Mädchen jubelten. Die Vierte sollte gegen die Handballmannschaft der Dritten antreten. Tenniskämpfe mußten mit der Fünften ausgetragen werden. Für das Doppel kamen Carla und Katrin in Frage, die waren glänzend aufeinander eingespielt. Für das Einzelspiel war es schwieriger: Hanni oder Nanni? Die Zwillinge waren die besten Einzelspieler, Nanni vielleicht noch eine Kleinigkeit großartiger als die Schwester. Ein edler Wettstreit setzte ein: „Spiel du, Hanni!" – „Nein du, Nanni, du bist besser als ich." – „Unsinn, ich verzichte gern."

„Am besten spielt ihr einmal gegeneinander", schlug Marianne vor. „Wer dann gewinnt, spielt für die Klasse."

Diesen Vorschlag fanden sie gut. Sie spielten. Marianne war Schiedsrichter. Es stand im ersten Satz 30:15 für Nanni. Sie schlug auf und Hanni rief: „Dein Ball war im Aus. Er lag ganz auf der Linie."

„Ausgeschlossen", gab Nanni zurück. „Vielleicht hat er die Linie etwas berührt, aber er schlug noch im Feld auf, und dann gilt er."

„Irrtum! Marianne, du hast doch zugeschaut: War Nannis Ball ganz auf der Linie und damit im Aus? Oder nicht?"

Marianne hatte im Augenblick nicht aufgepaßt. Das wollte sie aber nicht zugeben, es ging ihr gegen die sportliche Ehre. „Ja." Sie nickte. „Er war im Aus."

„Unglaublich!" Nanni fühlte sich im Recht und wurde plötzlich wütend. „Ihr spinnt ja."

„Aber Nanni, wir können den Ball wiederholen", rief Hanni hinüber.

„Fällt mir gar nicht ein. Ich spiele nicht, wenn es unfair zugeht", und sie warf den Schläger mit solcher Kraft auf die Erde, daß eine Saite riß.

„Nanni, hör doch! Wir werden uns doch nicht um solch

„Mit dir spiele ich nicht mehr, wenn es unfair zugeht!" rief Nanni wütend

dämlichen Ball streiten." Hanni lief hinter der Schwester her. Aber die machte eine Kehrtwendung und lief zum Schulgebäude hinüber. Was war bloß in sie gefahren? Sie fühlte sich übervorteilt, und sie sah rot. Wenn Hanni an diesem Abend versuchte, mit ihr zu reden, stellte sie sich taub oder drehte ihr den Rücken zu. Sie erklärte Hilda, der Klassensprecherin: „Ich nehme an den Wettspielen nicht teil. Du kannst meiner Schwester sagen, daß ich drauf pfeife."

Maßlos erstaunt sah Hilda sie an. „Was ist denn los?"

„Ich lasse mich nicht an der Nase herumführen, wie Hanni und Marianne es heute versucht haben." Mehr sagte sie nicht, und Hilda mußte erst von den anderen erfragen, was geschehen war. Um eine solche Lappalie machte Nanni so einen Wirbel! Hilda konnte das nicht begreifen. Die anderen Freundinnen begriffen es genauso wenig. Doch Nanni blieb stur. Von Versöhnungsversuchen wollte sie nichts wissen, und so gaben sie diese Versuche schließlich auf.

Doch es war eine sehr unerfreuliche Stimmung in der Vierten. Hanni und Nanni, die Zwillinge, galten einfach als Einheit. Undenkbar, daß sie plötzlich verkracht waren. Dabei waren sie nicht etwa boshaft zueinander. Sie sahen sich einfach nicht an, denn mittlerweile war auch Hanni wütend. Daß ausgerechnet Nanni, die eigentlich als ein wenig sanfter galt, in diesem Streit so unnachgiebig war, blieb unverständlich.

Hanni übte weiter, was sollte sie sonst auch tun? Ihre Rückhand war nicht so gut, wie sie sein sollte. Marianne bot sich ihr als Gegnerin an und verbesserte sie streng. Gerade weil Marianne sich gar nicht sicher wegen ihrer Entscheidung bei dem Streit war, paßte sie doppelt scharf auf und ließ Hanni nichts durchgehen.

„Also Herrschaften, lange mache ich das nicht mehr mit", sagte Bobby. „Die Zwillinge haben einen Vogel. Man weiß gar nicht mehr, mit welcher man sprechen darf. Die andere guckt einen dann schief an."

„Ich hoffe bloß", meinte Corni, „daß es nach den Wettspielen besser wird. Sie können doch nicht die ganze Zeit verknurrt bleiben."

„Also noch zwei Tage!"

Am nächsten Morgen war Hanni schon sehr zeitig hinausgegangen – vor sechs! Sie wollte ihre Rückhand durchaus verbessern und deshalb mit Marianne üben. Die anderen drei im Zimmer waren gerade erst aufgestanden, da stürzte Marianne herein. „Bitte, Hilda oder Nanni, kommt mit! Es ist ein Unglück geschehen."

Die beiden zerrten geschwind die Trainingsanzüge über und liefen hinter Marianne her. „Der Ball ist an Hannis Kopf geflogen, dicht neben die Schläfe. Sie ist umgefallen und liegt bewußtlos am Boden", berichtete Marianne keuchend beim Laufen.

Hanni war noch immer nicht zu sich gekommen. Nanni kniete neben ihr und streichelte ihr Gesicht und flehte: „Wach doch auf, Hanni, bitte, bitte!" Aber Hanni blieb regungslos.

„Wir müssen sie zur Krankenstation bringen", sagte Hilda. „Hoffentlich ist die Hausmutter jetzt dort."

Kein Mensch sah sie, als sie zu viert, Corni war nachgekommen, die bewußtlose Hanni schleppten. Unterwegs blitzte ein Gedanke durch Nannis Gehirn. Sie wollte ihren Trotz gutmachen. „Hört mal", sagte sie, „laßt mich mit der Hausmutter reden und widersprecht mir nicht."

Erschrocken sah die Hausmutter den trübseligen Zug an, fragte nicht lange, sondern öffnete die Tür zum nächsten Krankenzimmer. Sie riß die Bettdecke zurück. „Legt sie hierher. Was ist passiert?"

Nanni fing an: „Meine Schwester ... Nanni ... ist gestürzt und hat sich an die Schläfe gestoßen. Wird es schlimm sein?" Dabei stürzten ihr die Tränen übers Gesicht.

Die Hausmutter hatte Nanni beobachtet. „Ich glaube nicht. Sie bekommt schon wieder Farbe. Aber du sagst Nanni?" Sie musterte Nanni scharf und fragte weiter: „Willst du mir einreden, du seist Hanni?"

„Natürlich, Hausmutter, ich spiele doch morgen gegen Marlies aus der Fünften Tennis ... bitte, Hausmutter."

Die anderen hatten erstaunt dem Gespräch zugehört. Nanni wollte also für die Schwester spielen ... unter deren Namen?

Flehend und beschwörend zugleich sah Nanni die Hausmutter an. Die schwieg eine Weile, dann schmolz ihr Herz. Sicher war ihr der Krach zwischen den Zwillingen nicht entgangen. Sie hatte ja Luchsaugen. Wenn der Streit auf diese Weise beigelegt wurde... nun gut. Sie nickte also. „Dann laßt mir eure Nanni hier. Sie wird gewiß bald wieder munter und vergnügt sein. Tennis spielen kann sie freilich einstweilen nicht. Da ist es gut, wenn ihre Schwester spielt. Nun lauft hinüber. Ihr müßt euch ja noch anziehen.

Gerade noch rechtzeitig saßen sie am Frühstückstisch. Nanni hatte eine Sonnenbrille aufgesetzt. „Nanu", spottete Jenni, „befürchtest du am frühen Morgen einen Sonnenstich?"

„So ähnlich", war die Antwort, „mir tun die Augen weh, wahrscheinlich vom vielen Tennisspielen. Da möchte ich bis morgen keinen Ärger kriegen."

Nannis Platz in der Klasse blieb leer. Sie war auf den Platz der Schwester hinübergerutscht.

„Wo steckt eigentlich dein Zwilling?" fragte Katrin. Die Mädchen hatten sich inzwischen daran gewöhnt, daß Nanni erst in letzter Minute erschien, um ja nicht mit der Schwester zusammenzutreffen. Aber diesmal kam sie anscheinend zu spät.

Fräulein Jenks betrat die Klasse, und Hilda sagte: „Fräulein Jenks, Nanni fehlt. Sie ist vorhin gestürzt, und wir haben sie in der Krankenstation abgeliefert. Wahrscheinlich hat sie eine leichte Gehirnerschütterung."

„Danke, Hilda, ich sehe nachher einmal nach ihr."

„Ach nein, lieber nicht", antwortete Hilda hastig; „sie soll vorläufig keinen Besuch kriegen, weil sie absolut still liegen muß."

Die Klasse hatte sich zuerst täuschen lassen. Lange hielt das nicht an. Aber Hilda sprach so eifrig auf „Hanni" ein und redete sie immer wieder mit diesem Namen an. Corni und Marianne machten es genauso. Die anderen wußten gar nicht, was sie davon halten sollten. „Wenn morgen solch ein Wetter ist wie heute, dann wird es ein schönes Spiel, Hanni", rief Hilda gerade wieder durch die Klasse und blinzelte den anderen zu. Langsam dämmerte denen etwas – und sie spielten mit.

„Hanni, weißt du, wie es deiner Schwester geht?" fragte Petra beim Mittagessen, und sie zwinkerte auch.

„Besser", war die Antwort. „Sie ist aus ihrer Ohnmacht aufgewacht. Aber es darf immer noch niemand zu ihr." Sie verschwieg, daß die Hausmutter sie gleich nach dem Unterricht ins Krankenzimmer gelassen hatte. „Eure Verwechslungskomödie mußt du selber regeln", hatte sie gesagt. „Doch paß auf, daß deine Schwester ruhig bleibt."

Zaghaft war Nanni zur Tür hineingegangen. Da lag die Schwester und sah eigentlich wieder ganz munter aus.

„Lieb, daß du kommst", sagte sie. „War das nicht ein Pech heute morgen? Ich selber weiß ja gar nicht, was geschehen ist. Die Hausmutter hat es mir erzählt. Nun kann ich nicht spielen. Wirst du es jetzt tun?"

Nanni fühlte einen dicken Kloß im Hals. Wie hatte sie bloß so albern sein können, sich mit der Schwester zu streiten? Sie gehörten doch zusammen!

„Mach dir keine Gedanken", sagte sie. „Morgen spielt Hanni Sullivan. Und siegt! Verlaß dich drauf!"

„Ich? Ausgeschlossen!“

„Wer redet von dir? Hanni spielt, und Hanni, das bin zur Zeit ich. Wir haben schon alles so eingerichtet: Nanni ist gestürzt und liegt auf der Krankenstation. Aber Hanni spielt. Und – wie gesagt – sie wird siegen.“

Nun lächelte die Kranke. „Das glaubt dir doch kein Mensch! Die kennen uns doch viel zu gut.“

„Glauben oder nicht“, unterbrach die Schwester sie energisch. „Auf jeden Fall tun sie so, als ob sie es glaubten. Nur unsere liebe Kusine, die war natürlich wieder der Elefant im Porzellanladen. Sie fing zu meutern an. ‚Was sagt ihr immer Hanni? Das ist doch . . .!‘ Da kriegte sie von Bobby einen gewaltigen Rumpler in die Seite, und Marianne trat ihr auf den Fuß. ‚Rede kein Blech‘, riefen die andern, und als sie sich wehrte: ‚Schließlich kann ich doch meine eigenen Kusinen auseinanderhalten!‘ Da rief Corni grob: ‚Du bist wirklich dümmer, als die Polizei erlaubt. Halte endlich den Mund!‘ Ob sie inzwischen kapiert hat oder nicht, ist gleichgültig. Sie wagt bestimmt nichts mehr zu sagen.“

„Und die Lehrerinnen?“

„Weiß ich nicht. Wegen Mamsell brauchen wir uns keine Sorgen zu machen. Die läßt sich täuschen. Übrigens sitze ich auf deinem Platz. Ob Fräulein Jenks unser Manöver durchschaut, weiß ich nicht. Verraten wird sie uns nicht. Die Hausmutter spielt mit. Und sonst? Die paar Stunden mogeln wir uns durch. Und morgen, nach dem Spiel, bist du längst wieder auf dem Posten und läßt dich feiern. – Ohne Widerrede!“ sagte sie energisch, als Hanni etwas antworten wollte. „Du möchtest doch keinen neuen Krach? – Also!“ Nanni setzte sich die Sonnenbrille wieder auf, die ihr Gesicht wenigstens ein bißchen undeutlich machte und verabschiedete sich.

Auch dieser Nachmittag ging vorüber. Hausaufgaben gab es diesmal nicht. Dafür wurde trainiert. Am Abend erschien Petra: „So, Hanni, ich werde dir dein Handgelenk massieren." Das verstand sie großartig. Sie brachte eine Lederbandage mit, die eine gute Stütze bedeutete. „Die trägst du morgen beim Spiel", ordnete sie an. „Pferde kriegen auch solche Gelenkbänder."

„Vielen Dank! Hoffentlich fange ich nicht an zu wiehern."

Die Wettkämpfe begannen am nächsten Vormittag. „Für den Unterricht wird doch niemand Interesse haben", hatte die Direktorin gesagt und Donnerstag und Freitag freigegeben. Die Läufe waren auf die frühen Morgenstunden festgesetzt. Die vierte Klasse war schon am Donnerstag morgen dran und gewann haushoch gegen die Fünfte. Das war vor allem Mariannes Verdienst!

Aber im Handball gab es am Freitagvormittag eine gewaltige Blamage. Die Mannschaft der Dritten war so auf Draht, daß sie die Größeren glatt 5:3 schlugen. „Ja, da fehlt Gabi", stöhnte Marianne, die sich sehr angestrengt, aber bei den anderen Spielern wenig Unterstützung gefunden hatte. „Wenn ich an das Spiel gegen die Eichenwaldschule denke – im letzten Herbst!"

Das Tennis-Einzel war auf Donnerstag mittag festgelegt. Die Vierte wartete gespannt darauf. Es ging ja nicht nur um die Klassenehre, vielmehr um die Frage, ob Nanni, die kaum trainiert hatte, es schaffte zu siegen und zwar als Hanni! Sie hatte der Schwester den Sieg fest versprochen.

Beizeiten sammelten sie sich am Tennisplatz. Die Gegnerin aus der Fünften war Usch Wilke, eine sehr sichere Spielerin. Wenn das nur gutging!

„Hanni, Hanni!“ riefen die Mädchen, als ihre Mitschülerin aufkreuzte, Stirn und Augen durch einen breiten dunklen Sonnenschutz getarnt.

Zunächst ging es sehr gut. Usch konnte in den ersten beiden Spielen überhaupt keine Punkte gewinnen. Dann holte sie auf: 15:0 für Usch, 30:0 für Usch, 30:15 für Usch, 30:30 Einstand – jetzt wurde es spannend. 40:30 für Usch ... was kam nun? Noch einmal Einstand? Dann mußte ein Spieler zweimal hintereinander gewinnen, bevor ihm das Spiel gehörte. Aber Usch gewann.

So ging es weiter. Die Köpfe der Zuschauer flogen nach rechts, nach links und wieder nach rechts. Sie konnten kaum den Bällen folgen, so schnell sausten die hin und her. Und die Kleinen aus der ersten Klasse, die sich als Ball„jungen“ angeboten hatten, gerieten ins Schwitzen. Der erste Satz endete 6:2 für Nanni, und die Vierte jubelte: „Bravo, Hanni, bravo!“

Sie wechselten die Plätze. Die Sonne schien Nanni gerade ins Gesicht. Sie war froh um den Sonnenschutz. Usch aber wurde nun nicht mehr geblendet. Zweimal gewann sie ein Spiel. Nanni fing an, um ihren Sieg zu bangen. Sie durfte die Schwester nicht enttäuschen und die Klasse ebenfalls nicht. Die folgenden zwei Spiele gehörten ihr. Aber dann knickte sie beim Laufen mit dem linken Fuß ein. War es eine Zerrung? Oder war der Fuß gar verstaucht? Sie versuchte, fest aufzutreten, beugte sich nieder und massierte das Gelenk. „Etwas passiert?“ fragte die Sportwartin der Fünften, die Schiedsrichter war.

„Es geht schon wieder“, versicherte Nanni. Aber das nächste Spiel verlor sie doch. Ergebnis 3:2 für Usch. Noch einmal wurde Nanni gefragt: „Sollen wir abbrechen? Hast du Schmerzen im Fuß?“

„Nicht schlimm", rief Nani. „Wir spielen weiter. Marianne war herbeigestürzt und hatte aus ihrem Notgepäck einen Kreuzverband gebracht. Er half etwas.

Nanni nahm alle Kraft zusammen, flog den Bällen förmlich entgegen, gab ein paarmal den Ball aus der Luft zurück, womit Usch nicht gerechnet hatte und schlug mit der Rückhand so kräftig zu, daß ihrer Gegnerin der Schläger aus der Hand rutschte. Noch einmal drohte der Fuß zu versagen. Da entdeckte Nanni drüben am Fenster ihre Schwester, die sich eine Stelle zum Zuschauen gesucht hatte, und nun wußte sie: sie mußte es schaffen und sie würde es schaffen! Schweißgebadet, humpelnd, aber glückselig hörte sie das Endergebnis: „Hanni Sullivan siegt im Tennis-Einzel mit 6:2, 6:4 über Usch Wilke!"

Ihre Klasse jubelte. „Komm, wir tragen dich zurück", rief Marianne, die stolz auf den neuen Sieg ihrer Mannschaft war. „Schone deinen Fuß."

In der Eingangshalle wartete schon die richtige Hanni, der die Hausmutter Urlaub gegeben hatte. Die Schwestern fielen sich um den Hals und gingen einträchtig hinauf in ihr Zimmer. Um die anderen Kämpfe kümmerten sie sich nicht mehr.

Aber sie hatten ein neues Problem: Wenn am nächsten Tag mittags alle Sieger feststanden und aufgerufen wurden, dann sollte Hanni doch hingehen und sich den Preis holen. Das war nicht schwierig. Sie mußte humpeln, wie Nanni es tat. „Kannst dir sogar einen Verband ums Gelenk wickeln", riet Nanni. „Dann wirkt es ganz echt."

Doch was fing Nanni an, die ja echt lahmte? „Umschläge", riet Hilda, die kurz im Zimmer erschien und der sie ihre Nöte schilderten. So blieb Nanni an diesem Nachmittag im Zimmer, legte das Bein hoch, und Hanni, die natürlich bei ihr blieb, erneuerte ständig die kühlen Umschläge. Die Hausmutter schaute kurz bei ihnen hinein und war zufrieden mit der Behandlung. Zu den Mahlzeiten schlichen sie in den Speisesaal, bevor die übrigen kamen. Und da sie sich dicht an der Tür niederließen, sah man nach den Mahlzeiten nur ihre Rücken. Wer wollte da behaupten, daß Nanni humpelte?

Das Mittagessen am Freitag war sonntäglich. Die Köchin hatte sich viel Mühe gegeben. Ehe die Mahlzeit begann, rief

„Morgen darfst du nicht mehr humpeln, denn dann bin ich dran!" sagte Hanni übermütig

die Sportwartin der Sechsten die Sieger bei den einzelnen Wettbewerben auf und überreichte jeder drei Rosen – nur in dieser Form beteiligte sich die Sechste überhaupt an den Kämpfen. Sie hatte die Blumen gestiftet.

Als Hanni aufgerufen wurde, mußte Nanni ihr erst einen kräftigen Stoß geben, damit sie überhaupt ging. Sie humpelte gekonnt – das stellte die Vierte mit Vergnügen fest, und sie trug auch einen schönen Verband.

Zum Glück hatte Nannis Fuß sich schon sehr gebessert. Auch sie hatte einen Verband um das Gelenk, aber der war unter einem Söckchen verborgen. Sie ging tapfer möglichst gerade, wenn sie schon einmal vor anderen gehen mußte. Einmal rief allerdings eine aus der ersten Klasse: „Nanni hinkt ja auch."

Aber Nanni schaltete schnell: „Wir sind ja schließlich Zwillinge und müssen ganz gleich sein." Damit hatte sie die Lacher auf ihrer Seite, und sie bemühte sich nun doppelt, frisch drauflos zugehen.

Am Nachmittag gab es eine kleine Feier, viel Eis und Kuchen für die ganze Schule. Dann standen zwei Omnibusse bereit zur Fahrt an einen Badesee in der Nähe, wo sie sich lange vergnügten. Hanni und Nanni konnten freilich nicht mitschwimmen. Sie hatten ja ihre Verbände, einen echten und einen unechten. Doch es machte ihnen nichts aus. Sie waren viel zu glücklich, daß sie wieder versöhnt waren. Und am nächsten Tag war Nannis Fuß wieder heil und der Schwindel nicht mehr nötig.

Die Zwillinge feiern Versöhnung

„Gut und schön – unsere Feier heute nachmittag“, sagte Bobby, als die Vierte abends im Gemeinschaftsraum zusammensaß. „Ich finde, wir sollten morgen weiterfeiern.“

„Na, höre mal, was denn?“

„Ein Versöhnungsfest“, antwortete Bobby grinsend. „Ich denke, die ganze Klasse hat Grund dazu. Es war doch gräßlich, als die Zwillinge verrückt spielten.“

Die anderen nickten, und Doris rief: „Daß ihr euch so etwas nicht noch einmal einfallen laßt, Zwillinge. Sonst bekommt ihr es mit mir zu tun.“

Über diese Drohung mußten alle lachen. Doch die Zwillinge versicherten: „Es geschieht bestimmt nicht wieder.“ Und Hanni schlug vor: „Wie wäre es, wenn wir das Versöhnungsfest morgen nachmittag in die Stadt verlegten, in die Konditorei? Ich glaube, unser Geld wird reichen. Zur Not pumpen wir euch an.“

„Ja, prima“, antworteten alle. „Morgen gleich nach Tisch geht es in die Konditorei!“

„Aber bildet euch nicht ein, daß wir nach dem Mittagessen keinen Appetit mehr haben“, warnte Jenni. „Für Kuchen ist immer noch Platz.“

Die Hausmutter hatte am folgenden Tag wieder einmal Grund, über die Vierte zu staunen. Eine Gruppe nach der anderen meldete sich zur Fahrt in die Stadt ab. Doch sie schien müde zu sein. Sie fragte nicht weiter und winkte nur.

Die Mädchen hatten sich verabredet: „Wir ziehen unsere

Dirndlkleider an und stellen uns Frau Huber vor." Als sie in die Stadt kamen, war der Laden freilich schon geschlossen. Aber sie sahen, daß drin noch Licht brannte, und klopften unermüdlich an die Tür, bis Frau Huber kam. „Was ist denn?" rief sie, während sie aufschloß. Dann sah sie die Dirndl alle draußen stehen und lachte. „Nett, daß ihr euch mir so präsentiert."

„Haben Sie noch im Laden zu tun?" fragte Doris mitleidig. Sie hatte entdeckt, daß die Ladentische wieder voll bepackt waren. „Ist Ihr Lehrling nicht mehr da?"

„Ach", sagte die alte Dame mit einem tiefen Seufzer, „bei Ladenschluß ist Hermi immer von verblüffender Schnelligkeit. Da verschwindet sie, ehe ich es richtig merke."

„Und Sie müssen nun alles selber aufräumen?" fragte Carlotta. „Kommt, wir helfen!"

Im Nu waren alle im Laden versammelt. Sie überblickten die Lage sofort und packten zu. Immer zu zweit hantierten sie mit den großen Stoffballen und bemühten sich, die Enden sorgfältig aufzuwickeln. Frau Huber kümmerte sich unterdessen um die kleinen Dinge, die noch herumlagen. Dann wies sie an, wohin die Ballen gehörten. In einer Viertelstunde sah das Geschäft schmuck und ordentlich aus wie selten. Die Mädchen verabschiedeten sich von Frau Huber, die es gar nicht fassen konnte: Den ganzen Samstagnachmittag hatte sie für sich.

Nun strebte die Gesellschaft zur Konditorei.

„Hallo, Bert", rief Corni plötzlich. Ihr fünfjähriger Bruder ritt auf seinem Esel über das andere Ende des Marktplatzes. Corni lief ihm entgegen.

Er kam in gemäßigtem Trab zu ihr. „Bist du allein?" fragte er.

„Nein, dort steht meine ganze Klasse. Sie sind gewiß entzückt von deiner Reitkunst, kleiner Bruder. Komm mit!"

„Fällt mir gar nicht ein“, wehrte er heftig ab und wollte wegreiten. Doch als er die Zwillinge entdeckte, die Corni nachgelaufen waren, wurde er gnädiger und hielt an. Die kannte er ja, sie waren schon in seinem Elternhaus zu Besuch gewesen.

„Na Bert“, stichelte Hanni und erinnerte ihn damit an ein Mißgeschick im Frühjahr, „bist du wieder in eine Schafherde hineingeraten?“

„Nein“, antwortete er patzig, „aber jetzt beinahe in eine Gänseherde.“ Entrüstet drohte ihm die Schwester, aber die Zwillinge lachten.

„Laß ihn doch, Corni“, besänftigte Hanni. „Ich habe ihn ja zuerst geärgert.“

Sofort war Bert wieder zahm. „Wohin wollt ihr denn?“

„Ins Café.“

„Aha! Verderbt euch bloß nicht den Magen“, mahnte er geradezu väterlich, aber dann fiel ihm ein: „Holt euch Kuchen und eßt bei uns im Garten. Die Eltern sind nicht da, und Tante Martel kocht euch bestimmt Tee oder Kakao.“

„Eigentlich hat Bert recht“, meinte Hanni. „Wenn es eurer Tante Martel nicht zuviel Arbeit ist, fände ich es prima.“

„Außerdem hat dieser listige Bursche längst überlegt, daß dann für ihn etwas abfällt“, sagte Corni trocken und zwinkerte Bert zu. „Also machen wir es so.“

„Gut! Ich reite los und sage Tante Martel Bescheid.“

„Und wir besorgen Kuchen“, erklärten die Zwillinge . . .

Mit zwei Marzipantorten und ein paar kleinen Stücken erschienen sie in Lachners Garten, wo die anderen es sich schon bequem gemacht hatten. Bänke und Stühle waren zusammengerückt. Hilda, Petra und Carla schleppten Becher und Teller heran.

„Fein, daß ich euch wiedersehe, Zwillinge", rief Tante Martel ihnen entgegen. „Verändert habt ihr euch nicht. Ihr gleicht euch immer noch wie ein Ei dem anderen."

„Wollen wir versuchen, ob mein Dickkopp die eine von euch wieder aufsitzen läßt?" fragte Bert, der wohlweislich hinter den Schwestern in den Garten gekommen war.

„Ja", rief Corni, „hole deinen Esel!" Sie schilderte den anderen, wie Dickkopp einzig Nanni auf seinem Rücken geduldet hatte. Natürlich glaubten die anderen nicht, daß Dickkopp keine von ihnen reiten ließ. Doch er blieb dickköpfig. Und wieder machte er nur bei Nanni eine Ausnahme. Sie ritt auf ihm durch den Garten. Hanni dagegen ließ er nicht an sich heran.

„Na, dem hättet ihr aber nichts vormachen können", rief Elli, „von wegen Nanni als Hanni!"

„Gewiß." Jenni nickte ihr zu. „So ein Esel hat kein Verständnis, daß manches Mal eine Verwechslung nötig ist."

Ob Elli Jennis Bosheit begriff? Wahrscheinlich nicht. Sie sah recht ratlos drein, als ein paar kicherten.

Mitten in die Schlemmerei hinein platzte Pütti, Cornis jüngere Schwester. „Das ist doch die Höhe!" rief sie. „Hier wird groß gefeiert, und ich erfahre nichts davon. Sonst hätte ich doch zwei Freundinnen mitgebracht."

„Die haben hier gar nichts zu suchen", belehrte sie Corni. „Es ist eine Feier der vierten Klasse, gestiftet von den Zwillingen."

„Aber Bert ist auch dabei", rief Pütti empört, weil er ihr „liebevoll" die Zunge herausgestreckt hatte.

„Bert hat uns erst auf den Gedanken gebracht, in unseren Garten zu gehen. Sonst säßen wir in der Konditorei."

„Fein ist es jedenfalls nicht von euch", knurrte Pütti. „Ihr hättet mir wirklich etwas sagen können."

„Du hörst doch“, sagte Hanni, „wir haben ja gar nicht vorgehabt, hierherzufahren. Reg dich ab und nimm dir ein Stück Torte. Für dich reicht es auch noch.“

So ging die Versöhnungsfeier wenigstens friedlich zu Ende – ohne einen neuen geschwisterlichen Krach.

„Die Hausmutter ist krank“, hieß es am Montag früh. „Gestern abend wurde sie ins Krankenhaus gebracht.“

Was ihr fehlte, war nicht zu erfahren. Die Köchin meinte: „Sie ist nur zur Beobachtung dort. Ich glaube nicht, daß sie lange fortbleibt.“

Aber Hanni fiel etwas ein. „Als ich drüben auf der Station lag, habe ich gehört, wie sie mit Mamsell sprach“, erzählte sie Nanni. „Mamsell wollte sie besuchen oder etwas fragen – was weiß ich. Jedenfalls sagte die Hausmutter: ‚Sie dürfen sich in meinem Arbeitszimmer nicht umsehen. Es herrscht dort eine heillose Unordnung, weil ich seit Tagen nicht zum Aufräumen komme.‘ Und als Mamsell fragte, ob sie soviel zu tun hätte, sagte sie: ‚Daran liegt es nicht. Aber ich fühle mich entsetzlich elend. Ich bin froh, wenn ich das unbedingt Notwendige schaffe. Was nicht gleich erledigt werden muß, bleibt liegen.‘“

„Eigentlich könnten wir ihr helfen“, meinte Nanni. „Es war doch furchtbar nett, wie sie auf unser Verwechslungsspiel einging. Und wenn du sagst, daß sie damals schon krank war, finde ich es doppelt nett.“

„Ja, und nun bleibt wieder alles liegen. Ob wir einmal in ihr Arbeitszimmer hinübergehen? Abgeschlossen ist es sicherlich nicht.“

Sie versuchten es. In dem Arbeitszimmer, das die Hausmutter sich dort eingerichtet hatte, sah es wirklich ein bißchen sehr bunt aus. Für die ordentliche Frau mußte es ein richtiger Schock werden, wenn sie bei der Rückkehr aus dem Krankenhaus diese Unordnung wieder vorfand. Nein, so ging es nicht. Sie mußten etwas tun! Aber wo anfangen?

„Am meisten stören die vielen Flaschen mit Arzneien oder Heilmitteln", sagte Nanni. „Guck mal! Essigsaure Tonerde, Kamillenextrakt, Jodtinktur und so weiter ... Das müßte doch zusammengestellt werden. Dort in dem Regal sind noch mehr Flaschen. Da gehört das hin."

„Aber wie ordnen wir es?"

„Schwer zu sagen", antwortete Nanni, „mir scheint am einfachsten nach der Größe." Sie stellte gleich die große Flasche hinten ins Fach.

„Da ist wenigstens die gräßliche Arznei ganz hinten", meinte Hanni kichernd. „Schon aus diesem Grund ist dein Vorschlag gut."

Die Arzneiflaschen waren schnell aufgeräumt. Sie sahen sich um: Ein paar Stöße frischer Wäsche lagen auf dem schmalen Tisch neben der Tür. Sie staubten nur unnütz ein und mußten in die Schubfächer des großen Schrankes gelegt werden. Diesen Schrank kannten sie genau. Die Hausmutter gab dort immer die Wäsche aus. Es konnte nicht schwer sein, alles am richtigen Platz unterzubringen. Auch hier war es gewiß das beste, nach der Größe zu ordnen. Die Zwillinge übersahen in ihrem Eifer nur, daß es sich um ganz verschiedene Wäschestücke handelte. Bettücher und Tischdecken trennten sie freilich. Aber die Küchenwäsche! Es gab ein komisches Durcheinander von Geschirr- und Handtüchern. Immerhin – der Tisch war leer, und das ganze Zimmer sah aufgeräumt aus. Am Fensterbrett lag noch Papier. Sie schauten nach: die Zahlkarte für irgendeine Lotterie. Alles war schon mit der Maschine ausgefüllt: zehn Mark

Einzahlung, Absender und Empfänger. Das war gewiß liegengeblieben – hoffentlich war es nicht schon zu spät!

„Ich finde, wir sollten die zehn Mark auf alle Fälle bei der Post einzahlen. Es wäre doch ärgerlich, wenn ausgerechnet auf dieses Los ein toller Gewinn fiele und die Hausmutter hätte nichts davon. Komm, wir gehen zur Post."

In der Tür sahen sie sich noch einmal um. Der Unterschied war deutlich zu erkennen: jetzt herrschte Ordnung! Zufrieden gingen sie hinaus. Niemand hatte sie gesehen.

„Ich möchte auch nicht, daß jemand davon erfährt", meinte Hanni. „Es sieht sonst aus, als wollten wir uns bei der Hausmutter lieb Kind machen."

Vier Tage später war die Hausmutter aus dem Krankenhaus zurück. Die Ruhe und die Pflege hatten ihr sichtlich gutgetan. Am folgenden Morgen beim Frühstück erschien sie aber ziemlich aufgeregt. Sie fragte: „Wer ist eigentlich während meiner Abwesenheit drüben in der Krankenstation in meinem Arbeitszimmer gewesen und hat so überaus gründlich aufgeräumt?"

Hanni und Nanni sahen sich aus den Augenwinkeln an. „Nur nichts verraten!" hieß das erneut. Es fehlte bloß, daß sie sich vor der ganzen Klasse loben ließen. Wie standen sie dann vor den Freundinnen da? Sie hatten der Hausmutter wohl einen Dienst, eine Hilfe erweisen, aber sich doch nicht bei ihr einschmeicheln wollen.

Es meldete sich also niemand auf die Frage hin. Doch der Hausmutter schien das Geheimnis keine Ruhe zu lassen. Nachmittags hing am Schwarzen Brett ein Zettel:

„Leider habe ich den oder die Übeltäter noch nicht herausbekommen, die sich den dummen Scherz erlaubten, während meiner Krankheit in meinem Zimmer alles durcheinanderzubringen. Ich bin ehrlich betrübt, daß es unter den Schülerinnen Mädchen gibt, die die Schwäche eines anderen Menschen zu solch dummem Streich ausnützen."

Das lasen auch die Zwillinge – hatten sie etwas falsch gemacht? Es war doch alles nur gutgemeint gewesen! „Jetzt müssen wir uns doch melden", sagte Nanni entschlossen. „Komm, wir gehen gleich hin!"

Sie trafen die Hausmutter allein. Sie war gerade dabei, die Arzneiflaschen, die sämtlich wieder auf dem Tisch standen, in Gruppen zu ordnen. „Was wollt ihr?" fragte sie freundlich, als die Schwestern mit beklommenen Mienen ins Zimmer traten. „Habt ihr etwas angestellt?"

„Das haben wir, Hausmutter", murmelte Hanni.

Und Nanni setzte hinzu: „Doch nur in der allerbesten Absicht."

„Und was ist es?"

„Wir haben Ihr Zimmer aufgeräumt."

„Ihr? Nie hätte ich das vermutet", brauste die Hausmutter nun auf. „Ja, seid ihr denn von allen guten Geistern verlassen? Wie kamt ihr bloß darauf?"

Hanni erzählte von dem Gespräch zwischen Hausmutter und Mamsell, das sie angehört hatte. „Und weil Sie so lieb zu uns waren und sogar unsere Verwechselei mit den Namen duldeten, wollten wir Ihnen auch eine Freude machen. Wir stellten es uns schrecklich vor, wenn Sie aus dem Krankenhaus kämen und alles noch durcheinander stand oder lag."

Die Hausmutter wußte nicht, ob sie schelten oder lachen sollte. „Sagt mal, wie alt seid ihr eigentlich?" fragte sie schließlich.

„Vierzehn."

„Und da fällt euch nichts Besseres ein, als Arzneiflaschen

der Größe nach in ein Regal zu stellen? Dafür seid ihr wirklich zu alt."

„Ja, wir wußten nicht . . ."

„Aber Zwillinge", sagte sie kopfschüttelnd, „wenn ein Apotheker seine Arzneien ordnet, wonach richtet er sich dann?"

„Wofür sie gut sind", sagte Hanni prompt.

„Na also! Genau das gleiche tue ich. Bei mir sind es ja nur wenig Arzneien, mehr Hausmittel, die man in der ersten Not anwendet. Vor allem habe ich kaum etwas zum Einnehmen, weil der Arzt das Richtige verordnen muß. Aber ich brauche oft Mittel, die äußerlich angewendet werden. Und da unterscheide ich solche, die schnell zur Hand sein müssen, bei aufgeschlagenen Knien oder Insektenstichen oder Verstauchungen, – und andere, die seltener nötig sind. Begreift ihr das?"

Beschämt sagten sie: „Ja, das hätten wir wissen müssen."

„Aber richtig ordnen konnten wir das natürlich nicht", setzte Nanni hinzu.

„Eben! Und deshalb mußtet ihr die Finger davon lassen. Ich war sehr ärgerlich, als ich das Ergebnis eurer Hilfe entdeckte, das dürft ihr mir glauben! Bei der Wäsche ist es nicht ganz so schlimm. Ich habe schon nachgesehen. Das ist ja auch nicht lebenswichtig."

„Entschuldigen Sie, Hausmutter, wir haben es nicht böse gemeint", sagte Hanni.

Nanni ergänzte: „Im Gegenteil, gut!"

„Also Schwamm darüber!" Die Hausmutter zog beide an den Ohren. „Es war gutgemeint, aber schlimm getan. Mich hat vor allem die Tatsache gekränkt, daß jemand mir einen dummen Streich spielen wollte, ausgerechnet als ich hilflos war."

Die Zwillinge waren schon fast an der Tür, da fiel es Hanni ein: „Hausmutter, Ihr Los haben wir auch bezahlt. Die Quittung bringen wir Ihnen."

„Was für ein Los?" fragte sie erstaunt.

„Da lag auf der Fensterbank ein Los und eine ausgefüllte Zahlkarte. Wir hatten Angst, das Los könnte verfallen, wenn es zu spät bezahlt würde."

„Ach, daran habe ich kein Interesse. Die schicken mir immer wieder ein Los zu. Neuerdings legen sie die fertig ausgefüllte Zahlkarte bei. Aber auch damit kriegen sie mich nicht. Ihr habt den Betrag eingezahlt? Wieviel war es denn?"

„Zehn Mark. Aber die dürfen Sie uns nicht wiedergeben. Wir waren voreilig."

Die Hausmutter lachte. „Schlimm ist nur, daß ich das Los weggeworfen habe. Sollte es wirklich gewinnen, müßten wir es ja einschicken." Sie überlegte. „Helft mir suchen. Vielleicht ist es noch im Papierkorb." Sie stülpte den großen Korb auf dem Tisch aus, und alle drei wühlten.

„Hier ist es!" rief Nanni plötzlich. „Ein bißchen zerknittert, aber sonst heil."

„Na, dann nehmt es nur mit und hütet den Schatz!"

Das komische Nachspiel dieser Geschichte ereignete sich drei Wochen später. Die Hausmutter ließ die Zwillinge rufen und überreichte ihnen einen Brief.

„Sie haben gewonnen!" jubelte die Lotteriestelle. „Bitte senden Sie uns sofort das Originallos ein, dann erhalten Sie zweihundert Mark."

„So habt ihr es also doch gescheit gemacht", sagte die Hausmutter.

„Aber es ist Ihr Los", protestierten die Zwillinge.

„Wo mag nur das Los sein, vielleicht gewinne ich!“ erklärte die Hausmutter lachend

„Und euer Gewinn“, war die Antwort. „Ohne Widerrede, Zwillinge. Schickt das Los auf meinen Namen ein.“ Vier Tage später gab sie ihnen zweihundert Mark.

Die Zwillinge hatten schon einen Plan. Sie kauften ein: ein paar Flaschen Likör und ein paar Flaschen Parfüm und Kölnisch Wasser. Damit wanderten sie zur Hausmutter.

„Bitte“, sagten sie mit verschmitzten Gesichtern, „das sind Ihre Flaschen. Sie werden sie neu ordnen müssen.“

Die Flaschen waren auf einem Tablett nach der Größe geordnet, Liköre und Duftwässer durcheinander. Und die Zwillinge hatten genau darauf geachtet, daß sie von jeder Sorte große und kleine Flaschen erwischten . . .

Wir freuen uns auf die Ferien

Mit Riesenschritten ging es nun auf das Ende des Schuljahres zu. Und auf die Ferien freuten sich die Schülerinnen alle, auch wenn sie noch so gern in Lindenhof waren. Die einzigen, die wirklich die Köpfe hängen ließen, waren die Mädchen aus der Sechsten.

„Na ja“, sagte Hanni, „für die gibt es einen Abschied ohne Wiederkehr. Wenn wir erst einmal soweit sind, werden wir gewiß genau solche Leichenbittermienen aufsetzen.“

„Aber noch ist es nicht soweit“, rief Carlotta triumphierend. „Noch können wir uns auf die Ferien freuen!“

„Unternimmst du etwas Bestimmtes, weil du so jubelst?“ fragte Nanni.

„Ihr werdet es nicht glauben, aber ich habe von meiner Großmutter und meinem Vater die Erlaubnis, vier Wochen lang mit dem Zirkus zu reisen.“

„Wahrhaftig?“ Die meisten Mädchen beneideten Carlotta. Sie war nun schon eine Weile im Internat und hatte sich durchaus den Sitten der Schule angepaßt. Mit dem wilden Geschöpf, das zwei Jahre vorher fast direkt aus dem Zirkus zu ihnen gestoßen war, hatte sie aber die lebhafte, leidenschaftliche Art immer noch gemeinsam. Dies und ihre unbedingte Kameradschaft. „Ihr glaubt gar nicht, wie im Zirkus alle zusammenhalten“, hatte sie oft erzählt. „Natürlich gibt es hier und da einen Krach, manchmal sogar schlimme Streitereien. Doch wenn es darauf ankommt läßt keiner den anderen im Stich.“

Genauso verhielt sich Carlotta in der Schule. Sie ärgerte sich oft furchtbar über Jennis Spötteleien oder über Mariannes Sturheit, wenn es um sportliche Dinge ging. Doch sobald einer aus der Klasse Unrecht geschah, war Carlotta auf dem Posten, ergriff ihre Partei und unterstützte sie.

Da gab es erst kürzlich eine Geschichte, die großen Wirbel verursachte. Mariannes Freundin Carla war in eine Klemme geraten. Sie war Mariannes Vertreterin als Klassen-Sportwart. Deshalb war es ihre Aufgabe, als Marianne einmal wegen einer dummen Magensache in der Krankenstation lag, nach der Turnstunde die Turnhalle abzuschließen und den Schlüssel an seinen Platz vor dem Konferenzzimmer zu hängen. Der Schlüssel aber war weg, als nachmittags Andrea mit ihrer Ballettgruppe in der Turnhalle üben wollte.

Das gab eine große Aufregung. „Ich habe den Schlüssel bestimmt an das Brett gehängt", beteuerte Carla.

Es wurde in den Klassen herumgefragt: „Hat jemand etwas in der Turnhalle gesucht und den Schlüssel geholt?" Aber niemand meldete sich.

Selbstverständlich gab es Ersatzschlüssel. Trotzdem war die Lage für Carla sehr peinlich. Sie war als gewissenhaft bekannt, das stimmte. Doch der Schlüssel fehlte und blieb unauffindbar. Bei allem Wohlwollen – ein Verdacht blieb an Carla hängen. Und ihre Freundin Marianne war die letzte, die sie tröstete. „Sicherlich hast du ihn verschusselt", fauchte sie. „Ach, wenn ich mich nicht um alles kümmere!"

Die Vierte machte aus dem Ganzen keine große Sache. Die Turnhalle brauchte ja nicht verschlossen zu bleiben. Was sollte also das ganze Geschrei? Und Carla war ein netter Kamerad, ob sie nun den Schlüssel verschlampt hatte oder nicht.

Die einzige, die sah, wie sehr Carla litt, war Carlotta. Es empörte sie einfach, daß niemand sich mehr darum kümmerte. So versuchte sie, der Sache nachzugehen. Sie überlegte: wer hatte ein besonderes Interesse, in die Turnhalle zu gelangen? Schätze gab es darin nicht. Aber – dieser Gedanke fuhr Carlotta plötzlich durch den Kopf – herrliches Spielzeug! Und wer spielte besonders gern? Die Jüngsten!

Carlotta schlich ein paarmal um den Platz herum, auf dem die erste Klasse während ihrer Freizeit meist herumtobte. Aha! Sie hatten plötzlich eine ganze Menge Springseile. Ausgeschlossen, daß fünf, sechs Mädchen aus der Klasse Springseile besaßen!

Carlotta ging hin und sah interessiert zu, wie sie damit übten. „Ihr könnt das prima", lobte sie die Kleinen. „Ihr habt wohl tüchtig geübt?"

„Jeden Tag", sagte ein Mädchen stolz. „Wir wollen Kunststücke ausprobieren. Zwei sollen zugleich springen oder so. Fürs Schlußfest."

„Großartig", sagte Carlotta wieder. „Woher habt ihr denn die vielen Springseile?"

„Aus der Turnhalle", antworteten die Mädchen arglos.

„Ja, wie seid ihr denn hineingekommen?"

„Ach, der Schlüssel hängt doch im Flur – nicht weit von unserem Gemeinschaftsraum. Dort haben wir ihn geholt. Wir wollten ihn später zurückbringen, doch da hing schon ein anderer an dem Nagel. Da haben wir ihn behalten."

„Aber habt ihr nicht gehört, daß der Schlüssel zur Turnhalle vermißt wurde?"

„Nö. Wer vermißte ihn denn? Es war doch der andere da."

Natürlich – in der ersten Klasse hatte vermutlich niemand nachgefragt, und die dreisten Mädchen hatten sich im schönsten Recht geglaubt. Sie bekamen auch keine große

Standpauke. Doch ihre Lehrerin – es war Fräulein Roberts, die nach längerer Krankheit wieder im Amt war – machte ihnen begreiflich, daß sie nicht so eigenmächtig handeln durften.

Carla aber war durch Carlottas Herumhorchen von dem Verdacht der Fahrlässigkeit befreit. „War doch selbstverständlich", antwortete Carlotta auf ihren Dank. „Ich kann nun mal Ungerechtigkeiten nicht leiden."

So war Carlotta! Ihre Nachricht, daß sie mit dem Zirkus reisen durfte, überraschte alle. Carlotta war im Zirkus aufgewachsen. Ihre Mutter hatte dazugehört, obwohl ihr Vater damit gar nicht einverstanden war. Nach dem Tod ihrer Mutter hatten ihr Vater und ihre Großmutter sie von dort weggeholt. Lange hatte Carlotta Heimweh nach ihren treuen Freunden unter den Artisten gehabt und jede Gelegenheit benutzt, sich mit ihnen zu treffen. Zu Hause durfte sie davon nichts verraten. Und nun konnte sie sogar offen mit ihnen reisen?

„Wie ist das bloß gekommen?" fragte Hanni.

„Ach, der Pedro, der jetzt eine Art Direktor ist, hat meine Großmutter besucht. Er sieht sehr gut aus und hat die besten Manieren. Außerdem hat er in dem Gespräch erwähnt, daß sein Bruder studiert hat und Lehrer ist. So etwas hatte meine Großmutter bestimmt nicht erwartet. Sie hatte sich meine Zirkusfreunde immer als eine Art Zigeuner vorgestellt. Pedro hat ihr sehr gefallen, auch meinem Vater. Und als er nun fragte, ob ich nicht ein paar Tage mit ihnen reisen dürfte, da haben beide es erlaubt. Ich freue mich närrisch."

Gar nicht so fröhlich – wenigstens für die Klasse – waren Andreas Pläne.

„Ich komme nach den Ferien nicht wieder", gestand sie

eines Tages. „Meine Eltern haben jetzt ein Haus gekauft, in dem sich die Familie ab und zu treffen kann. Mutter sagte schon lange: ‚Ich bin es leid, immer in Hotelzimmern und aus dem Koffer zu leben.' Vater und Mutter sind ja beide meistens auf Tournee und Bettina neuerdings auch. Nun haben wir ein Haus in den Bergen und auch irgendeine Verwandte als Haushälterin. Dort soll ich wohnen und im Nachbarort zur Schule gehen."

Betroffen hörten das die Mädchen. Andrea war nun fast das ganze Schuljahr hindurch in Lindenhof gewesen. Zuerst hatte es gar nicht so ausgesehen, als könnte sie eine gute Kameradin sein. Aber dann hatte sie sich gemausert. Im Unterricht war sie viel besser geworden als am Anfang. Nun gehörte sie sogar zu den guten Schülerinnen und arbeitete viel mit der Klassenbesten, mit Petra, zusammen. Seitdem durfte sie auch Ballettstunden geben. Denn Andrea wäre ja beinahe auch eine Künstlerin geworden, eine Tänzerin wie ihre Schwester, und hatte viele Stunden genommen. Sie hatte bloß niemals besondere Lust zu den strengen Übungen gehabt, zumal als sie sehr schnell wuchs und deshalb noch nicht einmal große Aussichten auf eine erfolgreiche Laufbahn hatte.

„Daß wir Andrea einmal ungern wegziehen sehen, daß hättest du wahrscheinlich auch niemals gedacht?" fragte Hanni die Schwester.

„Ach weißt du", antwortete Nanni, „ich glaube, wir haben ihr am Anfang unrecht getan. Stell dir vor, der Vater spielt an verschiedenen Bühnen Heldenrollen, die Mutter gibt irgendwo anders Konzerte, und die Schwester tanzt. Die ganze Familie ist zerstreut. Selten sind alle zusammen. Da muß ein Mädchen sich ja abschirmen gegen andere. Und dann kam noch die verrückte Geschichte dazu, daß hier im

Internat viele Andrea für eine heimliche Prinzessin hielten und anhimmelten. Weißt du das nicht mehr?"

„Natürlich. Ich vergesse dies Getue nicht, das viele um Andrea machten, vor allem unsere liebe Kusine."

„Na und uns ist Andrea dadurch verdächtig geworden, jedenfalls als nicht sympathisch und albern. Dabei konnte sie im Grunde gar nichts dafür."

Sie beschlossen, in dieser letzten Zeit dafür besonders nett zu Andrea zu sein. Viele andere aus der Klasse dachten ähnlich. So ging es Andrea mit einemmal sehr gut, auch ohne daß sie für eine Prinzessin gehalten wurde. Sie wurde eingeladen, wenn sie in der Stadt oder im Nachbardorf Mitschülerinnen traf. Sie nahmen ihr Extraarbeiten ab, weil sie doch ihre Freizeit für die Ballettstunden opferte. Und vor allem: Sie redeten gern und freundschaftlich mit ihr.

Andrea empfand das wohl und genoß es sehr. Aber sie wollte es bei ihren Mitschülerinnen gutmachen. Und eines Tages kam ein großartiger Vorschlag. „Hört einmal her!" rief sie gegen Abend kurz vor dem Schlafengehen. „Ich habe eine Einladung für euch. Ihr wißt ja, daß meine Schwester Bettina Tänzerin ist. Auf ihrer großen Sommer-Tournee kommt sie demnächst nach Bad Griessee. Das ist nicht allzu weit weg von hier. Falls ihr Lust habt und mit hinfahren wollt, so wie Corni und ich es Sonntag in acht Tagen bestimmt tun, dann stiftet sie allen Freiplätze. Ich habe Fräulein Theobald schon gefragt, ob wir fahren dürfen. Sie erlaubt es und läßt uns sogar an die Bahn bringen und wieder abholen."

Ein gewaltiger Wirbel brach los. So eine Gelegenheit gab es nicht oft. „Was kostet die Bahnfahrt? Und das Mittagessen? Was ziehen wir an – unsere Dirndlkleider, oder sind die für den Kurort nicht fein genug?"

Fragen über Fragen... die meisten machten zunächst einmal Kassensturz. So kurz vor den Ferien konnten sie sich noch eine Extratour leisten, und sie wollten alle gern fahren. Auch die Kleiderfrage wurde gelöst: Festkleider besaßen sie alle. Die wollten sie anziehen. Ob eine Lehrerin mitfuhr?

„Ich weiß etwas", meinte Petra. „Wir laden das Vögelchen ein, mitzufahren. So zum Abschied – das kann Fräulein Jenks nicht kränken. Und mit dem Vögelchen wird es bestimmt nett."

„Prima Einfall!" Alle waren begeistert und versuchten noch am gleichen Abend, Fräulein Vogel zu erreichen. Doch es war schon spät. Am anderen Morgen stellte sich heraus, daß sie mit der Zeichenlehrerin ins Kino gegangen war. Sie freute sich über die Einladung und sagte zu.

Neidisch hörten die anderen Klassen, was die Vierte plante.

„Bei euch gibt es eigentlich oft mehr Überraschungen als bei uns anderen", sagte Tessie zu den Zwillingen. „Ich möchte wohl wissen, woran das liegt."

„Wir haben eben so etwas Anziehendes", antwortete Hanni grinsend. Aber Nanni setzte vorsichtig hinzu: „Anziehend für Überraschungen."

Ein aufregender Ausflug ins Sommertheater

Es wurde ein großartiger Tag. Sie hatten einen frühen Zug ausgewählt und konnten deshalb in Griessee viel anschauen. Die Kuranlagen waren sehenswert. Es gab einen Rosengarten mit mindestens zweihundert verschiedenen Rosensorten,

Buschrosen, Rosenbäumchen und ganze Wände voll Kletterrosen in den schönsten Farben. Sie blühten üppig und dufteten fast betäubend.

Dann gingen sie durch bunte Blumenrabatten zum Kurhaus hinüber, wo gerade eine Trachtenkapelle ein Morgenkonzert gab. Elegante Damen und Herren wanderten die Promenade entlang. Viele waren mit Gläsern bewaffnet, aus denen sie das heilsame Wasser von Griessee andächtig schluckten. Denn die meisten von ihnen waren ja wirklich zur Kur hergereist oder wenigstens zur Erholung.

„Für mich wäre das nichts", sagte Bobby leise, als die Klasse gegenüber vom Kurhaus in einer Gruppe zusammenstand. „Jeden Tag hier die Kleider vorführen, die anderen mustern und dann das Tränkchen schlürfen. Und mit Leuten, denen man vorher und hinterher nie mehr begegnet, so ein bißchen Blabla reden – nee, Kinder, nichts für mich."

Fräulein Vogel hörte es und lachte. „Sei froh, wenn du nicht zur Kur her mußt. Es sind ja schlechthin Kranke, die in ein Bad fahren. Fahren müssen!"

„Nein", Bobby schüttelte den Kopf, und dann grinste sie. „Für mich ist das schlechthin nichts!" Die anderen grinsten auch oder kicherten. Diese Bobby!

„Wollen wir das Konzert anhören?" fragte das Vögelchen. „Dann suchen wir uns am besten dort auf den Bänken Plätze."

Das taten sie. Aber nach zwei Stücken hatten sie keine Geduld mehr. Sie wollten weiterwandern. Am Ende der Kurpromenade waren Stände mit allerlei Andenken aufgeschlagen, mit ein paar hübschen und vielen kitschigen.

„Da tut mir mein Geld leid, wenn ich solchen Unsinn kaufe", meinte Hilda, und ihre Meinung galt. Auch Suse, die gerade einen süßlichen Untersetzer erstehen wollte, ließ erschrocken die Finger davon.

„Aber wir sollten einen großen Strauß für Andreas Schwester kaufen, bevor die Läden schließen“, schlug Fräulein Vogel vor.

„Einen Rosenstrauß am besten. Was meint ihr?“

„Das tun wir. Nur – wie halten wir ihn frisch?“

Nun, die freundliche Frau im Blumengeschäft schlug ihn in feuchtes Papier ein und sprengte noch frisches Wasser auf die Blüten, damit sie nicht welkten. Im Kursaal gaben sie ihn dem Portier. Sie aßen in einem hübschen Gartenlokal zu Mittag.

„Wenn du lieber zu deiner Schwester gehen willst, Andrea, dann nimmt dir das niemand übel“, meinte Fräulein Vogel.

Aber Andrea winkte ab. „Nur nicht! Ich kenne das von meiner ganzen lieben Familie. Wenn sie ihren Auftritt vor sich haben, wollen sie niemand sehen und besonders niemanden von den Angehörigen. Nein, nein, ich bleibe hier.“

Eine Riesenportion Eis, eine Spende der Lehrerin, war der süße Schlußpunkt der Mahlzeit.

Dann blieben noch zwei Stunden bis zur Vorstellung.

Fräulein Vogel hatte längst die Burgruine oberhalb von Bad Griessee aufs Korn genommen. Dorthin zogen sie nun.

„Ein Glück, daß es keine richtige Burg mehr ist, mit Museum, Ritterrüstungen und Filzpantoffeln.“ Jenni lästerte schon wieder. „Mich interessiert nämlich gar nicht, was Hieronymus der Behäbige in seinem Leben alles angestellt hat und wie seine durchlauchtigste Eulalia aussah.“

Nein – es gab keine Ahnengemälde und Waffensammlungen, nur verfallene Mauern und einen längst zugewachsenen Burggraben. Und einen Bergfried! Er war sogar zu besteigen. Den Schlüssel hütete die Kiosk-Besitzerin, die vor dem Eingang Ansichtskarten und Andenken verkaufte.

„Lohnt sich das Geschäft hier in der Einsamkeit?" fragte Fräulein Vogel.

„Was denken Sie?" fragte die Frau zurück. „Heute ist es still hier oben, weil das Sommertheater eine Vorstellung gibt. Aber sonst wimmelt es nur von Besuchern, die auf den Turm wollen. Die kaufen mir dann genug Sachen ab."

Die Aussicht von der Plattform des Bergfrieds war eine Überraschung. Sie standen ein paar Meter über den höchsten Baumgipfeln und sahen über ein weites Gebiet.

„Fast bis Lindenhof", behauptete Doris, nachdem sie die Himmelsrichtung dorthin festgestellt hatte, „und ganz am Horizont erkenne ich den Kirchturm eurer Stadt, Corni."

„Eine blühende Phantasie hast du", versicherten die anderen, die von dem Kirchturm durchaus nichts entdecken konnten. Aber Doris blieb steif und fest bei ihrer Meinung.

„Ob es von hier einen Geheimgang gibt, der unterirdisch zur Stadt hinunterführt?" überlegte Hanni. „Sicherlich hatten die Burgbewohner doch vorgesorgt, falls sie belagert wurden." Sie ging, unbemerkt von den anderen, die ausgetretenen Stufen hinunter und suchte. Rechts vom Eingang hatte sie eine Art Pforte entdeckt – eigentlich mehr ein großes Loch . . .

Fräulein Vogel mahnte: „Wir müssen aufbrechen, sonst kommen wir allzu atemlos im Park an."

Natürlich gab es am Kiosk noch einen kurzen Aufenthalt. Sie wollten ja Karten nach Hause schreiben. Dann sprangen sie den Burgberg hinunter.

„Wo ist Hanni eigentlich?" fragte Nanni plötzlich.

Die anderen sahen sich um – Hanni war nirgends zu sehen. „Hanni, Hanni, wo steckst du?“ riefen ein paar. Keine Antwort . . .

Fräulein Vogel wurde aufmerksam. „Weiß jemand, wann er sie zuletzt gesehen hat?“ Ja, wann?

„Auf der Plattform war sie bestimmt noch bei uns“, versicherte Nanni.

„Aber sagte sie da nicht etwas von einem Geheimgang?“ erinnerte sich Hilda. „Sie ist imstande und sucht danach.“

„Ich kehre um“, erklärte Nanni sofort, und Fräulein Vogel nickte.

„Ich auch.“ Dann wandte sie sich an die ratlosen Gesichter. „Ihr geht hinunter. Den Weg könnt ihr nicht verfehlen.

„Hanni, wo steckst du?“ rief Nanni besorgt in den Geheimgang

Andrea, du hast ja die Karten, nicht wahr? Bitte gib mir die drei für die Zwillinge und mich. Hole auch den Strauß für die Schwester. Und nun sorgt euch nicht, wir finden unsere Ausreißerin schon."

Viel schneller als vorher stiegen sie wieder bergan.

„Etwas verloren?" fragte die Frau am Kiosk, die sie wieder erkannte.

„Ja, ein ganzes Mädchen." Sie baten sie um den Schlüssel, öffneten die Tür und riefen.

„Hier ist eine Taschenlampe!" Die Frau holte sie vom Regal herunter. „Die benutze ich, wenn es einmal spät wird."

„Klasse! Danke schön." Nanni leuchtete alles ab und fand die Pforte, die Hanni schon vorher in die Augen gestochen hatte. Tatsächlich: Ein paar Stufen führten in die Tiefe. „Hanni, Hanni!", und ein Echo kam zurück: „Anni, Anni."

Vorsichtig tasteten sie sich weiter, bis der Gang einen scharfen Knick machte. Dort riefen sie wieder – und diesmal kam Antwort. „Hallo, hier bin ich. Ich gehe schon zurück. Es ist bloß so finster, deshalb komme ich nur langsam vorwärts."

Na, da konnten sie helfen! Fräulein Vogel ergriff Nannis Hand, und sie gingen den schrägen Gang abwärts. Endlich erschien Hanni im Lichtkegel, winkte vergnügt und ging flotter.

„Du bist ein verrücktes Haus", begrüßte Fräulein Vogel die Wiedergefundene. „Was hast du eigentlich hier unten ergründen wollen?"

„Ob es einen Geheimgang zur Stadt hinunter gibt. Er muß dagewesen sein. Aber dort vorn ist alles verschüttet. Schade, ich hätte die Klasse gern dort unten am Ausgang empfangen."

Fräulein Vogel schüttelte den Kopf. Ärgerlich schien sie

nicht zu sein. Freilich (das ahnten die Zwillinge nicht), sie hatte selber in ihrer Schulzeit solche närrischen Gedanken gehabt. Wie sollte sie nun schimpfen?

Nanni aber war gar nicht zufrieden mit der Schwester. „Du hättest wenigstens mir Bescheid geben können", sagte sie vorwurfsvoll. „Ich wäre doch mitgekommen."

Schlüssel und Lampe lieferten sie ab, bedankten sich und sausten den Berg hinunter. Nun langten sie doch atemlos im Kurpark an. Alle Besucher saßen längst auf den Plätzen. Die Musik spielte schon. Von den Freundinnen sah sich immer wieder eine verstohlen um. Doris entdeckte die Nachzügler zuerst. Sie gab ihrer Nachbarin Petra einen Stoß... und so ging es weiter. Jede verständigte die nächste: „Sie sind da!" Erleichtert drehten sie die Köpfe um, nickten kurz und konnten endlich genießen, was auf der Bühne zu sehen war. Ein Programm wurde Fräulein Vogel zugeschoben, und alle drei steckten die Köpfe hinein.

„Ein gescheites Programm", lobte Fräulein Vogel. Anscheinend verstand sie etwas vom Ballett. „Für einen Nachmittag im Kurpark goldrichtig."

Das stimmte sicherlich. Der Beifall der Zuschauer bewies es. Bettina Harrach hatte Stücke, oft nur Szenen ausgewählt, die eine liebenswürdige, heitere Unterhaltung boten. Sie begann mit dem Tanz der kleinen Maria aus dem „Nußknacker": das zwölfjährige Mädchen träumt, wie sie plötzlich wunderbar tanzen kann – genauso gut wie ihre große Schwester, die Ballerina im Hoftheater. So wirbelt sie allein über die Bühne und versucht es der Schwester gleichzutun. Reizend sah Bettina aus, wie sie da in einem kindlichen weißen Kleid mit seligem Gesichtsausdruck wie schwerelos sprang und sich voll Anmut drehte. Bei offener Bühne gab es Beifall.

„Spitzentanz", flüsterte Carlotta plötzlich verzückt, und Doris, ihre rechte Nachbarin, sah sie überrascht an. Dann begriff sie. Auch im Zirkus gab es Ballettgruppen, und der Tanz auf den Zehenspitzen galt dort als tolle Leistung. Daran dachte Carlotta wohl, und sie dachte gewiß weiter: Noch ein paar Wochen, und sie würde mittendrin sein in dem bunten, erregenden, schönen Zirkusleben, nach dem sie immer ein bißchen Heimweh hatte.

Die Musik spielte „An der schönen blauen Donau", und die Tänzerin erschien mit einem Partner. Sie zeigten den ausgelassenen überschäumenden Tanz des Husaren mit der Straßentänzerin aus dem Ballett zu dieser Strauß-Musik. Ein ganz anderer Mensch schien sie plötzlich zu sein, Andreas Schwester. In diesem Pas de deux, dem Tanz zu zweien, war alles Kindliche von ihr abgefallen.

Dann folgte ein viel modernerer Tanz nach moderner Musik, der Tanz der Ballerina aus Strawinskys „Ballettszenen".

Corni und Andrea, die Ballettfans, schien dieser kräftige, lebhafte Rhythmus völlig mitzureißen. Sie klatschten wie besessen und riefen „Bravo", und als Bettina sich immer wieder verneigte, stürmte Andrea schließlich mit dem Rosenstrauß auf die Bühne und fiel der Schwester um den Hals.

Das gab einen Jubel! Daß die beiden Schwestern waren, erkannte selbst der Dümmste sofort. Die Musik war auch auf Draht. Sie spielte prompt einen Tusch, noch ehe Andrea sich wieder verdrücken konnte. Sie hätte es gern getan, ihr Mut war schnell vorüber. Aber nun klatschten die Zuschauer wie närrisch – auch solche, die vom letzten Tanz weniger angetan waren: Und Bettina hielt ihre jüngere Schwester (die freilich einen halben Kopf größer war) fest an der Hand. Schließlich erbarmte sich jemand und ließ den Vorhang vor die Bühne rauschen, so daß Andrea entwischen konnte. Sie sagte schnell: „Der Strauß ist von der ganzen Klasse – als Dank!“ Dann sprang sie an der Seite hinunter und rutschte auf ihren Platz.

„Komm nachher hinter die Bühne“, hörte sie Bettina rufen.

Die Pause war ein Vergnügen für das Publikum. Jetzt erst achteten sie auf die jungen Mädchen in den ersten zwei Reihen. Die steckten die Köpfe zusammen. Andrea erklärte allerlei vom „Pas de deux“ – dem Tanz zweier Partner – und vom Spitzentanz oder was ihr in der Aufregung sonst einfiel.

Die Pause war nur kurz. Im zweiten Teil folgte aus der „Puppenfee“ der Tanz dieser schönsten aller Puppen, ein zierlicher, anmutiger Walzer. Das gefiel den Leuten. Wieder klatschten sie mitten in der Szene, und Bettina, die ihr Programm damit abschloß, mußte den ganzen Walzer wiederholen. Es war mit einemmal eine fröhliche, fast persönliche Stimmung zwischen Bühne und Zuschauern. Daß die Schwester der Tänzerin zwischen ihnen saß und daß die beiden jungen Mädchen sich so stürmisch begrüßt hatten, gefiel jedem, ebenso wie der fröhliche Schwarm der übrigen Lindenhof-Mädchen. Blumen flogen auf die Bühne. Bettina fischte sie beim Tanzen auf und winkte einen Dank hinunter.

Viel zu früh war es aus. Die Musiker packten ihre Instrumente zusammen und gingen. Langsam leerten sich die Stuhlreihen.

Andrea hatte Fräulein Vogel Bescheid gesagt, bevor sie zu Bettina lief. „Ich komme rechtzeitig zur Bahn“, versprach sie. Und sie war auch pünktlich. Bettina, die sich inzwischen umgezogen hatte, brachte sie in ihrem kleinen Wagen zur Station. So konnten die Freundinnen die junge Tänzerin selber begrüßen und sich bedanken.

„Hat es euch gefallen?"

„Sehr! Wundervoll war es. Vielen, vielen Dank!"

In der Bahn gab es nur ein Thema: Bettina Harrach. „So leicht sieht ihr Tanz aus, geradezu mühelos wirbelt sie umher. Wenn wir es nicht selber versucht hätten, würden wir nicht glauben, wie schwer Ballettstunden sind. Und erst der Spitzentanz – unwahrscheinlich!"

Andrea genoß den Ruhm ihrer Schwester. Einmal lachte sie hellauf. „Warum lachst du?"

„Ach, ich mußte gerade dran denken, wie Bettina sich einmal mit Mutters Bügeleisen plagte. Sie hatte extra das alte, schwere aus der Bodenkammer geholt. Das hob sie nun vom Fußboden auf und stellte es auf den Tisch, dann wieder hinunter. Immer abwechselnd mit dem rechten und dem linken Fuß."

„Was hat das mit Tanzen zu tun?"

„Sie wollte ihre Beinmuskeln kräftigen. Es ist schwer, ein Bügeleisen auf diese Weise zu transportieren. Und wie gesagt, es war keines von den modernen leichten! Es hatte ein ganz schönes Gewicht."

Allmählich kam Lindenhof näher. Der Bus erwartete sie am Bahnhof. Den ganzen Abend und oft auch noch an den folgenden Tagen schwärmten sie von diesem Nachmittag in Bad Griessee.

Mamsell kann stolz auf uns sein

Als sie zurückkamen, hing am Schwarzen Brett ein Anschlag:

Am Montag trifft Schulrat Heinz als Leiter der Prüfungskommission ein. Ihr sollt deshalb nicht auf Zehenspitzen schweigend durch die Flure laufen. Trotzdem bitte ich Euch, ein wenig Disziplin zu halten, damit der Herr einen guten Eindruck von Lindenhof hat. Zieht euch nett an (bitte keine Eleganz!), damit Ihr ihm als meine netten Mädchen entgegentretet.

Theobald, Direktorin

Na, dann konnte der Tanz ja losgehen. Die Armen aus der Sechsten! „Daß ihr den Großen ja alles behaglich herrichtet!" ermahnten sie die zweite Klasse, die zu kleinen Dienstleistungen für die oberen Klassen verpflichtet war. „Stellt ihnen kühle Getränke hin, die kriegt ihr in der Küche bestimmt. Und räumt ihnen auch ihre Zimmer auf. Sie selber haben wahrscheinlich keine Ruhe dafür."

Die Mädchen aus der Zweiten grinsten. „Eure Ermahnungen könnt ihr euch ruhig sparen. Wir wissen schon von selber, was wir tun müssen."

„Im übrigen ist jedes Jahr eine Klasse zur Prüfung gekommen", sagt eine andere naseweis. „Und bisher ist keine dran gestorben."

„Aber doch nicht mit einem Schulrat!" Hilda versuchte, das den Jüngeren eindringlich klarzumachen. „Solange ich in Lindenhof bin, ist das noch nicht geschehen."

Auch Mamsell wurde wieder leicht nervös. Aber das ließ die Vierte nicht zu. „Wir machen Ihnen das V-Zeichen“, sagte Hanni. „Viktoria – wir siegen“. Und wo eine mit der französischen Lehrerin zusammentraf, streckte sie ihr Mittelfinger und Zeigefinger gespreizt entgegen. Dann mußte Mamsell lachen und konnte nicht länger Trübsal blasen.

Der Schulrat entpuppte sich als gemütlicher, freundlicher Herr. Aus den Prüfungsräumen sickerte durch, daß er einer Schülerin sogar vorgesagt hatte, als sie ihn verzweifelt und hilfeflehend ansah. „Die Sechste atmet auf“, berichtete die Hausmutter, die der Klasse das Essen in einem Sonderraum auftrug. „Zweimal habe ich drin sogar Lachen gehört.“

Am Dienstag abend erschienen die Prüflinge strahlend im großen Speisesaal. Alle hatten bestanden!

„Hoffentlich erscheint der Schulrat nun auch bei uns“, sagte Doris, die wie wild gepaukt und gebüffelt hatte und sich für alles gewappnet fühlte.

Er kam! Wirklich, er sah nett aus, winkte den Mädchen zu und unterhielt sich vergnügt mit Mamsell. Auf französisch! Du liebe Zeit – hoffentlich blamierten sie sich da nicht! Die Zwillinge saßen ziemlich weit vorn, sie waren nicht zu übersehen. Der Schulrat stutzte und lachte laut. „Des jumelles – Zwillinge“, rief er, „und von einer Ähnlichkeit, wie man sie selten findet. Könnt ihr sie denn unterscheiden?“ fragte er die andern.

„Leicht – facilement“, riefen sie ihm zu Mamsells hellem Entzücken entgegen.

„Nun erzählt mir einmal ein wenig, was ihr hier so treibt oder was ihr für kleine Erlebnisse hattet.“

Nanu – woher wußte er, daß sie gerade darauf besonders vorbereitet waren?

Er wußte es nicht, aber er war begeistert, als eine nach der anderen sich meldete und frisch drauflos erzählte: über ihre Freundin Grit von den Philippinen, die fast eine verwunschene Prinzessin gewesen war – die tolle Geschichte, wie Hanni gekidnappt und von Nanni befreit wurde – von ihren Sportfesten – ja, sogar Streiche aus der Gespensterburg tischten sie ihm auf, von den Wochen in Burg Funkelstein. Mamsell erfuhr zum erstenmal, was es mit dem grünen Fräulein in der Burg auf sich hatte. Das hatte ihr damals einen tüchtigen Schrecken eingejagt.

Der Schulrat saß schmunzelnd auf seinem Stuhl und hörte sich alles an. Ein paarmal warf er Fragen dazwischen. Dann antworteten Petra oder Hilda oder eine andere gute Schülerin, ohne sich erst lange zu melden. So konnte es keinen Reinfall geben. Es war eine höchst gemütliche Unterrichtsstunde – und ganz in französisch. Als sie vorbei war, hielt der Schulrat eine kleine Rede, wieviel Spaß er gehabt hätte und daß ihre Lehrerin stolz auf sie sein könnte. Er schüttelte Mamsell herzlich die Hand, bevor er mit ihr das Klassenzimmer verließ.

„Nun sagt bloß, wie habt ihr das fertiggebracht?“ erkundigte sich Fräulein Jenks später bei ihrer Klasse. „Der Schulrat hat euch über den grünen Klee gelobt, als wir ihn bei der Konferenz noch einmal sprachen. Mamsell bekam ebenfalls ein dickes Lob. Er ist in keine weitere Klasse mehr gegangen, weil er – wie er sagte – den reizenden Eindruck nicht zerstören wollte. Ich wagte gar nicht zu glauben, daß er von meiner eigenen Klasse sprach.“

Die Mädchen kicherten. Diese letzte Bemerkung war echt Fräulein Jenks.

Und Mamsell. Sie erschien glückstrahlend, breitete die Arme aus, als ob sie alle Mädchen auf einmal hineinschließen wollte, und bedankte sich überschwenglich. Plötzlich lachte sie: „Aber das mit dem grünen Fräulein in Funkelstein ist ja arg. Da habt ihr mich gründlich reingelegt."

„Ja", sagte Hilda, „Sie hatten uns schrecklich ungerecht behandelt, deshalb haben wir es getan."

„Aber das hat unserer Freundschaft nicht geschadet", schloß Mamsell.

Wann gebt ihr wieder ein Fest?

Nur noch wenige Tage waren es bis zum Schulschluß. Spätestens in drei Tagen sollten die Besucher zu dem üblichen Sommerfest kommen. Für alle, die schon vorher eintrafen, waren im Dorf und in der Stadt Quartiere bestellt. Die Sportplätze im Schulgelände und die große Eingangshalle waren auf Hochglanz getrimmt. Jede Klasse hatte ihren Sonderbeitrag zum Festprogramm angemeldet. Die Vierte hatte nach Andreas Vorschlag einen schwedischen Volkstanz eingeübt, zu dem sie ihre Dirndlkleider tragen wollten.

Corni berichtete, beschwor die Hausmutter aber, niemanden etwas zu verraten. Mit Hilda verschwand sie dann in dem Festsaal der Schule, den sie verdunkelten. Sehr vergnügt erschienen beide nach einiger Zeit wieder und lachten über die vielen neugierigen Fragen und Gesichter. „GGG" – mehr verrieten sie nicht: Ganz Großes Geheimnis!

So wie die meisten freuten Hanni und Nanni sich sehr auf das Wiedersehen mit ihren Eltern. Sie erschienen schon zeitig am nächsten Tag. Da konnten sie zu viert noch schöne Ausflüge in die Umgebung machen.

„Zunächst möchte ich erst einmal die Hütte sehen, in der Hanni gefangengehalten wurde“, sagte Frau Sullivan. „Ich glaube gar nicht, daß die Geschichte damals so harmlos war, wie ihr uns weismachen wolltet.“

Sie führten die Eltern also zu dem Steinbruch und führten ihnen vor, wie Nanni damals die Kidnapper überlistet hatte. Schön aufregend war das gewesen, das gaben sie zu. Aber sie erzählten auch die Geschichte von der Zweitwohnung der kleinen Mädchen in dieser alten Kate, um die Mutter schnell abzulenken.

Dann wanderten sie nach Birkenreuth hinaus und erzählten dabei noch einmal von dem komischen Ausgang ihrer Geburtstagsparty. In der Waldwirtschaft bei Isi und Günter Holzhausen waren inzwischen auch andere Lindenhofer mit ihren Gästen eingekehrt. So saß wieder eine vergnügte Gesellschaft um den großen runden Tisch in der Gaststube.

Beim Abschied zwinkerte Günter den Zwillingen zu: „Morgen nachmittag sehen wir uns, ja!“ Nanu? Davon wußten sie ja gar nichts. „Doch, doch, wir sind eingeladen. Zu einer Sondervorstellung . . .“

„Rede nicht soviel“, mahnte Isi ihren Mann energisch und zog ihn fort.

„Wahrscheinlich hat Corni sie eingeladen“, sagte Nanni und Hanni nickte.

Die meisten Gäste erschienen am nächsten Vormittag im Internat. Mittags begann das Fest. Da hatten die Schülerinnen schon ihre Koffer gepackt – wenigstens alle, die gleich mit den Eltern nach Hause fahren wollten.

Es gab wieder Schwimmkämpfe, Gymnastik-Vorführungen, sie sprangen um die Wette, und die Vierte erntete mit ihrem Tanz großes Lob. Für den späten Nachmittag war ein gemeinsames Essen angesetzt.

Man sammelte sich schon auf dem großen Platz vor dem Schulgebäude. Da trat die Hausmutter in die Mitte, klatschte in die Hände und sagte: „Bis zum Essen bleibt uns noch eine halbe Stunde Zeit. Darf ich Sie wohl bis dahin zu einer kleinen Vorführung in unseren Festsaal bitten? Es wird ein bißchen eng darin werden. Unsere Schülerinnen müssen deshalb den Gästen die Sitze einräumen und sich selber mit Stehplätzen begnügen. Inzwischen wird in der Halle gedeckt. Einstweilen wünsche ich Ihnen viel Vergnügen."

Gespannt wanderten alle in den Saal, der bis auf ein Fenster schon verdunkelt war. Kaum saßen alle, wurde auch davor die dunkle Gardine herabgelassen.

„Guck mal", sagte Hanni, als in der Dämmerung noch etwas zu erkennen war, „Holzhausens sind tatsächlich hier, auch der Opa!"

Das letzte Licht ging aus, das Summen im Saal verstummte.

„Liebe Gäste", sagte Hilda plötzlich. Ihre Stimme kam von ganz hinten. Sie stand vor einem der beiden Apparate, die dort aufgebaut waren. „Wir wollen Ihnen jetzt ein paar Bilder von einer Geburtstagsfeier zeigen, die im Mai stieg. Es war zunächst eine ganz persönliche Feier. Doch sie verlief so komisch, daß Sie alle gewiß Spaß daran haben werden. Es geht los: Hanni und Nanni geben ein Fest!"

„Ihr Biester!" klang es aus der Ecke, in der die Zwillinge standen, und ein stürmisches Gelächter setzte ein. Sie kannten die Schwestern natürlich alle, und es wurde ihnen klar, daß keine von beiden eine Ahnung von dieser Vorführung hatte.

Corni hatte inzwischen den Projektor in Betrieb gesetzt: Hanni und Nanni lachend nebeneinander, danach eine Aufnahme der Einladung.

Hilda erzählte: „Sie lockten ihre Gäste zunächst, wie bei einer Schnitzeljagd, auf Irrwege. Auf einer Waldwiese ging das Fest schließlich an."

Und nun kamen eine Menge Bilder. „Wo hat Corni die bloß alle aufgetrieben?" fragte Nanni leise. „Soviel habe ich bestimmt nicht geknipst!"

Bobby und Jenni als hochnäsige Zwillinge tauchten auf, es wurde getanzt, und die Teller waren schon fast leer.

„Dann aber geschah es", erzählte Hilda wieder. „Ein Gewitter brach los, und ein gewaltiger Regen setzte ein. Pitschnaß rettete sich die Gesellschaft in die Waldwirtschaft Birkenreuth. Wie sich die Gestalten dort veränderten, das muß man gesehen haben!"

Die Zuschauer lachten sich schief über den Mummenschanz, wie alle in ihren Verkleidungen durcheinanderliefen und dann in ihren komischen Anzügen um den großen runden Tisch bei Tee und Waffeln saßen.

„Aber das war noch gar nichts", sagte Hilda wieder. „Der Clou des Festes kam erst noch, als nämlich die Festwiese nach dem Regen wieder besichtigt wurde. Hier ein paar Bilder und vor allem ein Film davon."

Hilda hatte den Filmapparat eingeschaltet.

„Nein, das gibt es schlechthin doch nicht", klang Fräulein Vogels Stimme durch das Dunkel, und die Schülerinnen kicherten. Es war ein Anblick zum Schreien: Die Wildschweinfamilie tat sich an den Resten von Kuchen und Broten gütlich. Die Bache stupste ihre Frischlinge immer wieder zu den Leckerbissen, wenn ihre dummen Kinder ein Stück Kuchen aufgefressen hatten und hilflos nach mehr schnupperten. Man sah ihr richtig an, wie sie am liebsten gescholten hätte: „Sperrt doch die Augen auf! Es ist genug da.“ Einen Frischling hatte sie so energisch zurechtgestaucht, daß ihm ein Rest Aprikose auf der Nase klebte. Und dann schwenkte der Film um zum Graben. Dort balgten sich zwei Igel um Milch, die aus der Dose floß. Jeder steckte die Nase hinein und versuchte, den anderen von der Quelle zu vertreiben. Der eine hatte schließlich ein Ei erwischt und kullerte es hin und her. So recht schien es ihm nicht zu schmecken.

„Ja“, sagte Hilda dazwischen, „bei Igels mag man rohe Eier lieber.“

Die Zuschauer konnten sich über die drollige Vorführung gar nicht beruhigen. Und Hilda und Corni ernteten soviel Beifall, wie sie sich nur wünschen konnten.

Und die Zwillinge? Sie hatten viele Aufnahmen nicht gekannt und waren begeistert, als sie von Corni Filme und Dias überreicht bekamen.

„Na“, sagte ihre Mutter später auf der Heimfahrt, „seid ihr mit eurer Geburtstagsparty zufrieden?“

Und nach den Ferien wurde oft gefragt: „Wann gebt ihr wieder ein Fest, Hanni und Nanni?“

Deutsche Bearbeitung:
Franz Schneider Verlag
Deckelbild und Illustration: Nikolaus Moras
Bestellnummer: 7561

ISBN 3 505 07561 2

Aufstellung aller Titel dieser Reihe:

Für Hanni und Nanni-Sammler

Die richtige Reihenfolge aller „Hanni und Nanni"-Geschichten steht hier. Auch in welchem Sammelband diese Geschichte steht. Daß die richtige Reihenfolge mit den Sammelbänden nicht übereinstimmt liegt daran, daß wir zunächst nur einige Geschichten von „Hanni und Nanni" brachten. Als „Hanni und Nanni" aber zu den Lieblingen der Mädchen wurden, sind wir gedrängt worden, immer mehr Bücher zu bringen. Und diese Geschichten, die wir später brachten, haben wir dann erst in einen Sammelband genommen.

Mit herzlichen Grüßen
Eure
„Hanni und Nanni"-Redaktion
im Franz Schneider Verlag

Nr.	Titel	in Sammelband
1	Hanni und Nanni sind immer dagegen	1
2	Hanni und Nanni schmieden neue Pläne	1
3	Hanni und Nanni in neuen Abenteuern	1
4	Kein Spaß ohne Hanni und Nanni	2
5	Hanni und Nanni geben nicht auf	4
6	Hanni und Nanni im Geisterschloß	3
7	Hanni und Nanni suchen Gespenster	4
8	Hanni und Nanni in tausend Nöten	5
9	Hanni und Nanni groß in Form	5
10	Hanni und Nanni geben ein Fest	5
11	Lustige Streiche mit Hanni und Nanni	2
12	Hanni und Nanni und ihre Gäste	4
13	Fröhliche Tage für Hanni und Nanni	2
14	Hanni und Nanni gründen einen Klub	3
15	Hanni und Nanni im Landschulheim	3

Außerdem erschienen 2 Hanni- und Nanni-Bändchen in englischer Sprache mit Vokabeln auf jeder Seite: **Adventures with Hanni and Nanni I und II**

Weitere Titel von Enid Blyton

1	Dolly sucht eine Freundin
2	Wirbel in Klasse 2
3	Ein Pferd im Internat
4	Klassensprecherin Dolly
5	Dollys großer Tag
6	Abschied von der Burg
7	Dolly Sammelband I
8	Dolly Sammelband II
9	In unserer Schule ist was los
10	Unser Haus im hohlen Baum

Pflege und Massage machen die Haut glatt

Das mußt du tun, um eine glatte Haut zu bekommen:

1. Jeden Tag einmal die „Knubbelhaut“ tüchtig trockenbürsten. Immer von unten nach oben bürsten. Also von der Fessel zum Knie, vom Handgelenk zur Schulter. Empfindliche Haut mit einer angefeuchteten Körperbürste (oder Massagehandschuh) bearbeiten.
2. Nach der Trockenbürstenmassage die Haut im Wechsel heiß und kalt abwaschen. Mit kalt aufhören, anschließend sorgfältig abtrocknen.
3. Eine gründliche Einreibung mit einer Hautpflegelotion (flüssige Creme) oder einem Hautöl vornehmen.
4. Moorbäder helfen, die Haut geschmeidig zu machen. Moor gibt es fix und fertig abgepackt in der Apotheke zu kaufen. Keine Angst, die Badewanne wird nicht schmutzig davon. Das garantiert der „Moorbadhersteller“ deiner Mutti.
5. Rote Pünktchen entstehen, wenn die feinen Körperhaare nicht gerade aus der Haut herauswachsen, sondern einen „Haken schlagen“, sich krümmen und aufkringeln und in die Pore zurückwachsen wollen. Bürstenmassagen und Moorbäder schaffen Abhilfe.

Entnommen dem Buch
„Das schlaue Buch der Schönheitspflege“,
Franz Schneider Verlag, DM 8,95

Alles über Taschengeld

Den Umgang mit Geld kann man nur lernen, wenn man welches hat. Alle Schulkinder sollten deshalb gleich vom ersten Schuljahr an Taschengeld bekommen. Aber wieviel? Das Münchner Stadtjugendamt hat sich darüber Gedanken gemacht und folgenden Taschengeldtarif aufgestellt:

wöchentlich:

7 Jahre 1,50 DM
8 Jahre 2,— DM
9 Jahre 2,50 DM

monatlich:

10 Jahre 11,— DM
11 Jahre 12,— DM
12 Jahre 13,— DM
13 Jahre 15,— DM
14 Jahre 18,— DM
15 Jahre 21,— DM
16 Jahre 28,— DM
17 Jahre 40,— DM
18 Jahre 60,— DM

Entnommen dem Buch **„Das schlaue Buch vom Geld“**,
Franz Schneider Verlag, DM 8,95

Ein kleiner Hund mit Namen Fips
erhielt vom Onkel einen Schlips
aus gelb' und roter Seide.
Die Tante aber hat, o denkt,
ihm noch ein Glöcklein drangehängt
zur Aug- und Ohrenweide.
Hei, ward der kleine Hund da stolz!
Das merkt sogar der Kaufmann Scholz
im Hause gegenüber.
Den grüßte Fips sonst mit dem Schwanz
jetzt ging er voller Hoffart ganz
an seiner Tür vorüber.

Christian Morgenstern

Wir reden eine Fingersprache

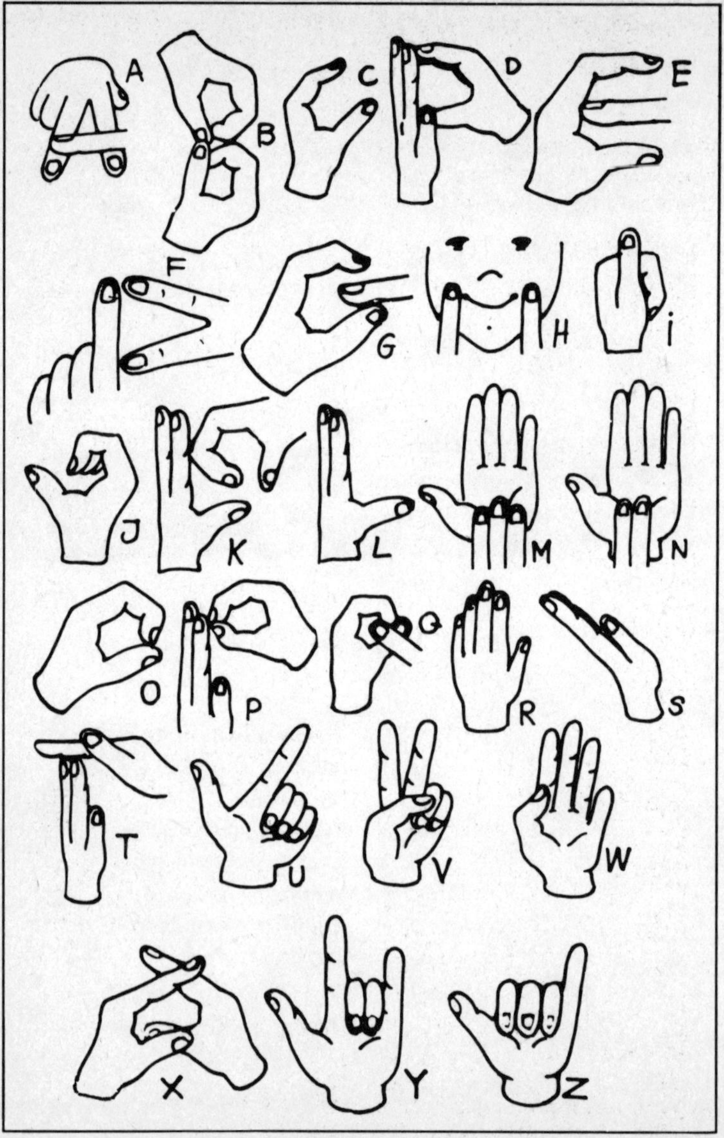

Entnommen dem Buch **„Sprachgeheimnisse – Geheimsprachen“**,
Franz Schneider Verlag, DM 8,95

Schneider-Buch
WISSEN UNIVERSELL

Vielleicht die interessantesten Sachbücher, die es für dich gibt. Aus diesen Büchern stammen die Beiträge dieses Magazins. Diese Bücher solltest du dir wünschen.

DM 8,95

DM 8,95

DM 8,95

DM 8,95

Preisänderungen und Liefermöglichkeit vorbehalten

Die Seite zum Lachen

Hanni sitzt mit ihrer Freundin im Lokal und weiß nicht, was sie bestellen soll. Da liest sie in der Speisekarte „Kaviar". Sie fragt den Kellner: „Kaviar, was ist das?"
„Das sind Fischeier, mein Fräulein."
„Oh", sagt Hanni, „dann hauen Sie mir davon drei in die Pfanne."

Thomas und Klein Ulrike spielen gerade im Hof, als Vater ganz aufgeregt herbeigelaufen kommt und ruft: „Hört mal her, ihr habt ein Brüderchen bekommen."
Darauf Klein Ulrike ebenso aufgeregt: „Oh, schnell, das müssen wir sofort Mutti erzählen!"

Ein Student will sich bei Professor Immerzerstreut den Besuch der Vorlesungen bescheinigen lassen. „Ich kann mich gar nicht erinnern, Sie jemals in meinen Vorlesungen gesehen zu haben", sagt der Professor erstaunt.
„Das kann nur mein Zwillingsbruder gewesen sein, den Sie nicht gesehen haben. Wir sehen uns nämlich zum Verwechseln ähnlich."
„Das ist allerdings etwas anderes", lenkt der Professor ein und unterschreibt die Bescheinigung.

Hanni ißt mit ihren Eltern im Restaurant. Das Schnitzel ihres Vaters ist klein und zäh. Der Vater ist darüber wütend. Hanni tröstet ihn: „Wenn es wirklich so zäh ist, wie du sagst, dann würde ich mich freuen, daß ich nur so eine kleine Portion bekommen habe!"

Donnerkeil spricht beim Zirkusdirektor vor. „Ich komme wegen der Stelle als Löwendompteur."
„Schon besetzt. Fragen Sie bitte morgen wieder nach."

Hanni hat den ersten Kirschkuchen ihres Lebens gebacken. Ihr Vater, der den Kuchen probiert, runzelt die Stirn: „Nicht nur, daß der Kuchen angebrannt ist . . . selbst mit einem Vergrößerungsglas ist nicht eine Kirsche drin zu finden!"
Hanni ist aber nicht auf den Mund gefallen: „Aber Väterchen, das zeigt doch wieder einmal, daß du keine Erfahrung mit Backen und Kochen hast. In einem Kirschkuchen darf ja überhaupt keine Kirsche drin sein, sonst müßte in jedem Hundekuchen ein Hund drin sein. Oder?"